風神 徐閏

풍신 서윤

풍신서윤 1

강태훈 新무협 판타지 소설

초판 1쇄 찍은 날 § 2015년 11월 20일
초판 1쇄 펴낸 날 § 2015년 11월 27일

지은이 § 강태훈
펴낸이 § 서경석

편집책임 § 김현미

펴낸곳 § 도서출판 청어람
등록번호 § 제387-1999-000006호
등록일자 § 1999. 5. 31
어람번호 § 제2-2612호

주소 § 경기도 부천시 원미구 부일로 483번길 40 서경B/D 3F (우) 14640
전화 § 032-656-4452 팩스 § 032-656-4453
http://www.chungeoram.com
E-mail § chungeorambook@daum.net

ISBN 979-11-04-90523-0 04810
ISBN 979-11-04-90522-3 (세트)

풍신서윤

風神絲閣

1

강태훈 新무협 판타지 소설

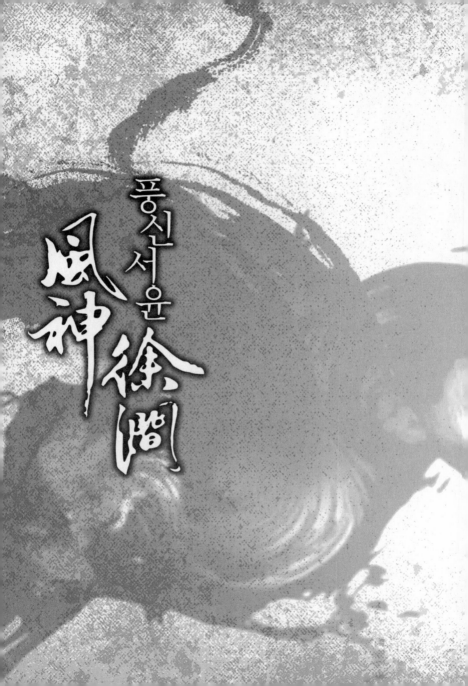

풍신 서윤

風神 徐閏

目次

風神 徐潤

풍신서윤

작가 서문

단월검제를 마무리한 지 일 년여가 지났습니다.

좀 더 일찍 또 다른 이야기를 들고 찾아뵈려 했으나 여러
가지 일이 겹쳐 그러지 못했습니다.

제가 처음 난감천재로 여러분을 만난 지 벌써 십 년째가 되
었습니다. 새삼 시간이 많이 흘렀구나 하는 생각이 들더군요.

그동안 물론 최선을 다하지 않은 작품은 없었지만 부족한
실력으로 여러분께 부족한 모습만 보여드리지 않았나 하는
반성을 하게 되었습니다. 매 작품 보여드릴 때마다 반성만 하
는 것 같지만요.

이번 작품은 최대한 단점을 보완하고 장점을 더 살려보고
자 하는 마음으로 열심히 노력해 쓴 글입니다. 부디 이 글이
여러분이 보시기에 조금이나마 나아졌구나, 볼 만하구나 하
는 생각이 들 정도가 되었으면 하는 바람입니다.

제가 이 글을 쓰기 시작하고 한창 쓰고 있는 지금은 여름
이지만 여러분께 선보이는 시기는 가을일지 겨울일지 모르겠

네요. 조금이라도 더 빨리 보여드릴 수 있도록 열심히 쓰겠습니다.

제가 계속 글을 쓸 수 있도록 옆에서 많은 조언을 해주시고 응원해 주신 가족, 지인, 그리고 선배님들께 정말 감사하다는 말 전합니다.

마지막으로 한창인 20대의 나이로 먼저 세상을 떠난 제 동생에게 어머니와 오빠는 잘 지내고 있으니 걱정하지 말라는 말 전합니다.

"지영아, 부디 그곳에서는 마음 편히 걱정 없이 웃으면서 지냈으면 좋겠다. 훗날 다시 만나거든 그간 못 나눈 이야기 밤새도록 하자꾸나. 사랑한다!"

2015년 여름
강태훈 배상

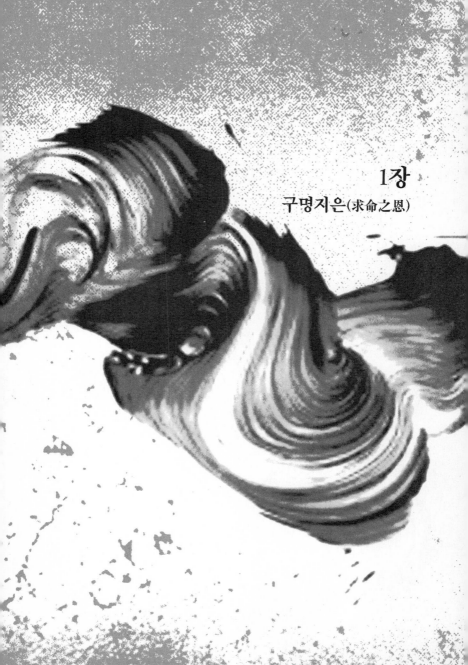

1장
구명지은(求命之恩)

風神徐閏

풍신서윤

"웃차!"

소년이 덫에 걸린 토끼 한 마리를 능숙하게 빼내어 어깨에 들쳐 멨다. 그의 어깨에 걸려 있는 토끼만 해도 벌써 네 마리다.

"고놈, 제법 투실투실하네. 히힛!"

체격은 제법 컸지만 얼굴은 앳되어 보이는 것이 아직 어린 나이 같아 보인다. 죽은 동물을 만지는 것이 무서울 법도 했지만 여러 차례 해본 일인 듯 주저함이 없었다.

"다른 덫이 어딨더라."

그렇게 중얼거린 소년이 잠시 방향을 가늠하 듯 두리번거리더니 이윽고 방향을 잡고 발걸음을 옮겼다.

산세는 제법 험했다.

가파르기도 하거니와 사람의 발길이 뜸한 듯 길이 없었다.

그런 산을 소년은 능숙하게 타기 시작했다.

"이 근방인 것 같은데…… . 어라?"

멈춰 서서 덫을 찾던 소년의 시야에 낯선 무언가가 들어왔
다. 수풀에 가려 있어 정확하게 보지 못한 소년은 천천히 그
쪽으로 다가갔다.

"흐익!"

소년이 비명을 지르며 나자빠졌다. 그 탓에 어깨에 메고 있
던 토끼들이 바닥을 나뒹굴었다.

수풀 속에는 사람이 쓰러져 있었다.

상처도 제법 심해 보이고 가슴의 오르내림이 아니었다면 살
아 있는지도 모를 뻔했다.

"아, 아버지!"

무의식적으로 아버지를 찾은 소년은 서둘러 자리에서 일어
나 집으로 뛰었다.

정신이 없을 텐데도 바닥에 떨어져 있는 토끼들을 다시 집
어 드는 건 잊지 않았다.

헐레벌떡 집으로 뛰어온 소년은 곧장 한쪽에서 장작을 패
고 있는 아버지에게로 달려갔다.

"왜 이렇게 호들갑이더냐?"

평소와 다르게 당황한 표정으로 달려온 아들 걱정에 소년의 아버지는 장작 패던 것을 멈추며 물었다.

"저, 저기 사람이!"

"사람? 이 녀석아, 차분하게 얘기 좀 해봐!"

"사람이 쓰러져 있어요!"

그때까지만 해도 소년의 아버지는 대수롭지 않은 일이라고 생각했다.

하지만 아들의 표정이 심상치 않아 마음 한구석이 꺼림칙했다.

"일단 가보자꾸나."

도끼를 내려놓은 소년의 아버지는 앞장서는 소년을 따라 서둘러 발걸음을 옮겼다.

소년을 따라 사람이 쓰러져 있던 곳으로 향한 소년의 아버지는 피칠을 한 채 의식을 잃고 쓰러져 있는 노인을 보고는 사태의 심각성을 깨달았다.

일단 숨을 쉬고 있는 것을 확인한 그는 노인을 들쳐 업고 서둘러 집으로 향했다.

두렵고 당황한 표정의 소년은 말없이 아버지의 뒤를 따를 뿐이다.

집에 도착해 노인을 침상에 눕힌 소년의 아버지는 서둘러

물을 떠와 천을 물에 적신 후 피를 닦아내며 말했다.

"윤아, 얼른 마을에 내려가 의원 좀 모셔오너라! 한시가 급하다고 전하고! 얼른!"

"아, 알았어요."

멍하니 아버지가 하는 것을 보고 있던 소년이 서둘러 집을 나섰다. 그러고는 그 어느 때보다 빠른 속도로 마을을 향해 내달리기 시작했다.

"흠……."

소년 서윤(徐潤)의 집을 찾은 의원은 생각보다 상태가 심각한 노인을 보고는 진지한 표정으로 진맥을 시작했다.

잠시 맥을 짚어본 의원은 우선 몸에 난 외상부터 치료하기 시작했다.

서윤과 서윤의 아버지는 옆에서 가만히 지켜보고 있다가 의원이 시키는 것이 있으면 서둘러 거들며 자리를 지켰다.

치료는 반 시진이 넘어가도록 계속되었다.

그리고 두 시진이 다 되어갈 즈음, 의원이 작은 한숨과 함께 구부리고 있던 허리를 폈다.

"할 수 있는 건 다 했네. 어디서 발견했다고?"

"저쪽 산 위에서요."

두려움이 많이 가라앉은 서윤이 침착하게 대답했다.

"멀지 않은 곳에서 큰 싸움이 있었다더니……."

그렇게 중얼거린 의원이 서윤의 아버지를 바라보며 다시 입을 열었다.

"무림인일세."

"예?"

서윤의 가족은 마을 뒷산에 터를 잡고 사냥으로 먹고살고 있다.

마을에 내려가는 건 필요한 것이 있을 때뿐이고, 그나마도 먹을 것은 집터에서 자급자족하고 있었기에 내려갈 일이 자주 없었다.

게다가 워낙 작은 마을이라 무림인을 볼 기회가 없었다.

엄청난 상처를 보고 무림인이 아닐까 짐작은 했지만 정작 의원의 입에서 무림인이라는 확언을 듣고 나니 가슴이 철렁 내려앉는 기분이다.

'이 정도 상처라면 큰 싸움이 있었다는 말인데… 괜히 화를 입는 건 아닌지 모르겠구나!'

서윤 아버지의 걱정이 깊어질 때 의원의 말이 이어졌다.

"외상은 그럭저럭 치료를 했으니 시간이 지나면 아물 걸세. 근데 내상은… 시간이 제법 오래 걸리겠어."

"어, 얼마나 걸리겠습니까?"

"나도 확실하게 말하기가 어렵네. 사실 나도 무림인을 진맥하고 치료한 건 처음이라 어느 정도 고수인지 가늠하기가 어렵구만. 내력이 깊은 고수들은 알아서 내상을 치료하는 능력도 대단하다고는 하지만 맥이 불규칙하고 약한 게 가벼운 내상은 아니네."

의원의 말에 서윤 아버지의 표정은 거의 울상이 되어가고 있다. 한쪽에서 숨죽이며 지켜보고 있는 서윤의 모친 역시 얼굴이 창백해졌다.

하지만 단 한 사람, 서윤만이 초롱초롱한 눈빛으로 치료를 받고 누워 있는 노인을 바라보고 있었다.

'무림인이라니……. 무림인이라니!'

어린아이라서 그런지 서윤 역시 다른 아이들처럼 무림인에 대한 환상 같은 것이 있었다.

누구보다 빠르게 달릴 수 있고 누구보다 높이 뛸 수 있으며 검이나 주먹으로 바위를 부순다고 했다.

그런 무림인이 자신의 눈앞에 있다니.

호기심이 동하지 않는 것이 오히려 이상한 일이다.

'의원 할아버지 얘기를 들어보니 깨어나시긴 할 것 같은데… 얼마나 센 고수일까? 소문대로 막 그럴까?'

어머니, 아버지의 마음도 모르고 서윤은 홀로 설레 있었다.

하루가 지나고 이틀이 지나 사흘, 나흘이 흘렀다.

아직도 노인은 의식을 찾지 못하고 있었다. 의원에게 치료받은 외상은 눈에 띄게 아물고 있었는데 심한 내상 탓인지 아직 정신을 차리지 못하고 있었다.

처음 서윤의 부모는 잠도 제대로 자지 못했다. 밤늦은 시간에 집밖에서 부스럭거리는 소리가 나도 화들짝 놀라며 깰 정도였다.

그렇게 닷새, 엿새가 흐르고 나자 서윤의 부모도 어느 정도 적응을 했는지 자다 깨는 일은 없었다.

하지만 자다 깨는 일만 없을 뿐이지 불안한 건 어쩔 수 없었다.

물론 아직 어린 서윤은 불안함과는 거리가 멀었다.

시간이 지나도 노인이 깨어나지 않자 연일 표정이 시무룩했다.

'쳇! 무슨 하늘을 날고 주먹으로 바위를 부숴? 저렇게 누워서 일어나지도 않는데. 순 약골이구만.'

오늘도 덫을 확인하러 돌아다니는 서윤이 속으로 중얼거렸다. 물론 서윤의 집에 쓰러져 있는 노인은 깨어나기 어려울 정도로 심각한 부상을 입은 상태였지만 서윤이 그것을 알 리 없었다.

그렇게 무림인에 대한 서윤의 환상이 깨져가고 있을 무렵, 정신을 잃고 있던 노인이 깨어났다.

의원의 예상보다 빠른, 서윤이 노인을 발견한 지 이십 일이 지났을 때였다.

*   *   *

힘겹게 눈을 뜬 노인은 본능적으로 내기부터 확인했다.

의식을 찾기는 했지만 내상이 완치된 것은 아니었기에 내기를 움직일 때마다 통증이 찌릿찌릿하게 몰려왔다.

'얼마나 쓰러져 있었던가. 여기는 또 어디고.'

워낙 오랜만에 눈을 뜬 탓에 노인의 시야는 흐릿했다. 하지만 보이는 것이 지붕이라는 것 정도는 알 수 있었다.

'누군가가 날 구한 것인가?'

돌아오지 않는 시야에 답답함을 느낀 노인은 두 눈을 연신 껌뻑이며 생각했다.

"아, 일어나셨습니까?"

그때 누군가의 목소리가 들렸다. 눈을 껌뻑이던 노인은 어렵사리 소리가 들린 쪽으로 고개를 돌렸다.

그래도 아까보다는 시야가 많이 또렷해져 자신에게 말을 건 사람이 중년 남성이라는 건 확인할 수 있었다.

"구명지은(求命之恩)에 감사드리오. 미안하지만 이 늙은이 좀 일으켜 주시겠소?"

노인의 말에 서윤의 아버지는 그가 몸을 일으킬 수 있도록 옆에서 부축했다.

"고맙소. 그런데 여기가 어디쯤인지 알 수 있겠소?"

"귀주성 홍의현(興義縣)에서 약 이십 리 정도 떨어진 곳입니다."

서윤 아버지의 대답에 노인이 살짝 인상을 찌푸렸다. 그것이 대답 때문인지 아니면 통증 때문인지는 알 수 없었다.

"혹여 운남성 쪽에서 벌어진 싸움에 대한 이야기는 듣지 못하셨소?"

이어진 노인의 물음에 서윤의 아버지는 고개를 저었다.

홍의현이 운남과 지척에 있기는 하지만 가장 가까운 마을에도 어쩌다가 한 번씩 내려갈 정도로 세상과 담을 쌓고 사는지라 운남성 쪽 소식을 접할 기회는 없었다.

"아, 큰 싸움이 있었다는 이야기는 들었습니다."

"그랬지요."

서윤 아버지의 말에 노인은 짧게 대답하고는 고개를 끄덕였다.

"의원 말이 한동안 거동은 좀 힘들 거라 합니다. 물론 의원이 예상한 기한보다는 일찍 깨어나시긴 했지만."

서윤 아버지의 대답에 노인은 살짝 미소를 지어 보일 뿐 대답하지 않았다.

무언가 생각할 시간이 필요해 보이는 눈치에 서윤 아버지는 쉬라는 한마디를 남기고 집 밖으로 나갔다.

"후, 소식을 알 길이 없으니 답답하구나."

마음 같아서는 밖으로 나가 운남성의 소식을 수소문하고 싶었으나 움직일 수가 없는 것이 안타깝기만 했다.

"일단은 회복에 집중해야겠구나."

그렇게 중얼거린 노인은 다시금 힘겹게 몸을 누웠다.

이십 일 정도의 시간이 지났다.

의식을 잃고 있던 시간보다도 짧은 시간이지만 일단 의식을 찾은 노인의 회복 속도는 생각보다 빨랐다.

의식을 찾고 보름 정도 지났을 때에는 거동에 아무런 불편함이 없을 정도가 되었고, 닷새가 더 지난 오늘은 전혀 중상을 입은 사람처럼 보이지 않을 정도였다.

무림인에 대한 이야기만 들었지 직접 본 것은 처음인 서윤 가족은 노인의 경이로운 회복 속도에 무척 놀랐다.

노인이 의식을 찾기까지 보름의 시간 동안 서윤은 그와 많이 친해져 있었다.

비록 무림인에 대한 환상은 거의 다 깨진 상태지만 그래도 짧은 시간 동안 얼굴을 마주하고 살았다고 제법 살갑게 대하는 서윤이다.

의식을 찾고 이십 일째 되던 날, 노인은 서윤의 집에서 떠날 채비를 하고 있었다.

몸이 성치 않다고 이곳에 눌러앉아 계속해서 시간만 보내고 있을 수 없다는 생각 때문이었다.

애초에 짐 자체가 없었기 때문에 떠날 채비를 하는 것도 간단했다. 그래도 정이 들었다고 서윤 가족이 이것저것 챙겨주지 않았다면 인사만 하고 바로 떠날 수도 있었다.

하지만 일찍이 부친을 여의고 서윤의 모친을 만나기 전까지 홀로 고생을 많이 하고 살아온 서윤의 아버지는 오랜만에 아버지가 생긴 것 같은 기분을 느끼고 있던 찰나라 떠나려는 노인을 그냥 보내지 않았다.

세 식구가 겨우 배곯지 않고 살 정도의 형편이지만 그래도 하나라도 더 챙겨주고 싶은 마음에 아침부터 서윤 모친을 보챘다.

그런 것이 귀찮기도 하고 짜증 날 수도 있었지만 서윤 모친 역시 남편의 마음을 잘 알기에 군말 없이 그의 말을 따라 이것저것 준비했다.

"이렇게까지 하지 않아도 되는데……."

신세만 지고 떠나는 판국에 바리바리 챙겨주는 짐까지 받아 들고 나니 너무나 미안해지는 노인이다.

하지만 도리어 서윤의 아버지는 환하게 웃으며 고개를 저었다.

"계시면서 저희에게도 주신 게 많습니다. 그런 말씀 마십시오."

처음의 두려움은 온데간데없었다. 무림인에 대한 막연한 두려움도 노인 덕에 눈 녹듯 사라졌고 아들인 서윤 역시 환하게 웃는 날이 더 많았기 때문이다.

"고맙소이다."

노인이 정중하게 인사했다. 그러고는 잔뜩 아쉬운 표정을 지은 채 부부의 옆에 서 있는 서윤에게로 시선을 옮겼다.

"너무 아쉬워 말거라. 지금은 해야 할 일이 있어 급히 떠나지만 조만간 얼굴 보러 또 들르마."

"네."

노인의 말에 서윤이 고개를 끄덕이며 대답하긴 했지만 쉬이 표정이 풀어지지는 않았다.

"허허, 녀석."

그렇게 말하며 노인이 서윤의 머리를 헝클어뜨렸다. 그러고는 미소와 함께 입을 열었다.

"마을 어귀까지 배웅 좀 해주겠느냐? 이쪽은 초행이라 마을을 찾아 가는 법을 모르겠구나."

노인의 말에 서윤이 반색하며 아버지와 어머니를 쳐다보았다. 허락해 달라는 눈빛이다.

"그러려무나. 어르신 잘 바래다 드리고 오너라."

"예!"

부모님의 허락에 서윤의 표정이 대번에 밝아졌다. 덩치는 또래보다 조금 더 컸지만 역시나 아이는 아이였다.

"가요!"

그렇게 말하며 서윤이 앞장섰다. 그 모습에 노인이 서윤의 부모님에게 인사하고는 뒤를 따랐다.

"이 녀석아, 짐은 네가 들어야 할 게 아니냐!"

뒤에서 들려오는 아버지의 호통에 서윤이 바로 몸을 돌려 노인의 손에 들린 짐을 받아 들었다. 그러고는 가벼운 발걸음으로 산을 내려가기 시작했다.

　서윤은 일부러 천천히 걸었다.

　노인은 그걸 알면서도 모르는 척 서윤의 보폭에 맞춰 걸었다.

　진작에 도착하고도 남았을 시간이 흐른 뒤에야 두 사람은 마을 어귀에 도착했다.

　멀리 마을 입구가 보이기 시작할 때부터 얼굴에 아쉬움이 한가득 묻어나기 시작한 서윤의 발걸음이 점점 더 느려졌다.

　하지만 그런다고 해서 노인이 떠나지 않을 것도 아니기에 억지로 발걸음을 떼고 있었다.

　"다 왔구나."

　마을 입구에 도착하자 노인이 입을 열었다. 하지만 서윤은 아무런 대답도 하지 않고 입을 꾹 다물고 있었다.

　잠시 대답도 하지 않고 있던 서윤이 들고 있던 짐을 노인에게 내밀었다.

　'허허, 정이라는 게 참 무섭구나.'

　어린아이는 정을 쉽게 주지 않지만 한 번 정을 주면 쉽게 떼지 못한다.

　지금의 서윤처럼.

　"약속하마. 석 달 안에 다시 오마."

　노인이 서윤의 눈높이에 맞춰 허리를 굽히고는 미소와 함께 말했다.

"알았어요."

조금 풀어지기는 했지만 그래도 아쉬움을 담아 대답하는 서윤을 보며 노인은 다시 한 번 미소를 지었다.

그러고는 몸을 돌려 마을 쪽으로 발걸음을 옮겼다.

웃는 낯으로 다시 만날 날을 기대하며.

*   *   *

호남성 형산(衡山).

중원오악 중 남악이라 불리는 산이다. 산의 기운이 대단해 과거 이곳에 자리 잡은 형산파가 권세를 누리던 때가 있었으나 지금은 그 자리에 다른 곳이 자리를 잡았다.

무림맹(武林盟).

마교(魔敎)가 다시 득세하고 중원을 탐하기 시작하면서 무림맹이 결성되었고, 형산에 자리 잡았다.

물론 과거 형산파처럼 형산의 산세 속에 파묻힌 것은 아니었지만 형산을 등에 업은 무림맹의 기운은 비교적 짧은 기간에도 쉬이 영향력을 넓히고 있었다.

무림맹 맹주부에 있는 맹주의 집무실.

그곳에 두 사람이 있다.

한 명은 현 무림맹의 맹주이자 육대세가의 일익인 종리세가의 가주 종리혁(鐘里赫)이고, 다른 한 명은 무림맹의 군사인 제갈공(諸葛供)이었다.

이 년을 끌어온 마교와의 싸움은 운남에서의 일전으로 어느 정도 정리가 되었다.

세외에서 호시탐탐 중원을 노리던 마교가 발호한 것이 이 년 전. 그리고 그 긴 시간 동안 이어진 싸움은 마교를 다시 세외로 몰아내는 것으로 마무리가 되어가고 있었다.

크게 기뻐해야 할 상황이지만 두 사람의 표정은 그리 밝지 않았다.

들려와야 할 소식이 한 달이 넘도록 도착하지 않은 까닭이다.

"후, 어찌 되셨단 말인가."

종리혁이 턱에 난 수염을 매만지며 중얼거렸다. 그의 곁에 앉아 있는 제갈공은 고개를 살짝 숙인 채 입을 다물고 있을 뿐이다.

그들의 표정이 밝지 않은 이유는 한 사람 때문이었다.

무림이왕 중 아직까지 활동하는 이.

바로 권왕(拳王) 신도장천(申屠長天) 때문이었다.

검왕(劍王) 설백(薛白)이 행방불명된 지 벌써 오 년째.

중원 무림으로서는 마교와의 기나긴 싸움을 끝내기 위해 꺼내 들 수 있는 가장 강한 패가 권왕이었다.

권왕을 운남으로 보내자고 제안한 것이 제갈공이고, 그것을 허락한 것이 종리혁이었다.

물론 신도장천 본인이 그 제안을 흔쾌히 받아들이고 운남으로 떠난 것이지만 운남에서의 싸움이 끝났음에도 불구하고 신도장천의 소식이 들려오지 않자 죄책감이 몰려온 것이다.

정마대전의 끝이라는 대의를 위해 희생한 것이지만 무림의 가장 큰 어른 중 한 명이자 아직까지 그 위치를 확고히 하고 있는 고수 한 명을 잃는다는 것은 너무나 뼈아픈 일이었다.

"아직 흔적도 찾지 못했는가?"

"그렇습니다. 운남에서 귀주로 이어지는 정보망 자체가 거의 궤멸되다시피 했습니다. 복구 작업이 더디다 보니 제대로 수소문을 할 수가 없는 상황입니다."

대답하는 제갈공의 목소리가 무겁게 가라앉아 있다. 애초에 자신이 신도장천을 운남으로 보내자는 이야기만 하지 않았어도 이런 일은 없었을 것이기 때문이다.

그 때문에 하루하루 그가 겪는 정신적 고통은 생각 이상으로 컸다.

"가동할 수 있는 모든 정보력을 동원해서 권왕 선배를 찾게."

"물론입니다. 그렇게 하겠습니다."

제갈공이 의지를 담아 대답했다.

그때였다.

"맹주님! 권왕께서 오셨습니다!"

밖에서 들려온 다급한 목소리에 종리혁과 제갈공은 반색하며 서로를 바라보았다.

＊　　　＊　　　＊

종리혁, 제갈공과 마주 앉은 신도장천은 시비가 따라준 찻잔을 집어 들었다. 그러고는 가볍게 한 모금 마셨다.

표정에 여유는 있었으나 지친 기색이 비치는 것은 어쩔 수 없었다.

그런 그를 종리혁과 제갈공은 반가움과 원망이 뒤섞인 시선으로 바라보고 있었다.

"어떻게 기별도 없으셨습니까?"

"죽다 살아나 보게. 연락할 수 있나."

신도장천의 말에 종리혁과 제갈공은 꿀 먹은 벙어리처럼 아무런 말도 하지 못했다. 그런 두 사람을 힐끗 바라본 신도장천이 입을 열었다.

"운남에서의 일은 대충 들어 알고 있겠지?"

"물론입니다."

"모르는 부분이 많을 것이야."

신도장천의 말에 종리혁과 제갈공은 어서 말해 달라는 듯 그를 쳐다보았다.

"삼마존(三魔尊)이 나섰다는 건 알고 있겠지?"

"그렇습니다."

제갈공의 대답에 신도장천이 고개를 끄덕였다. 그러고는 두 사람의 애간장이라도 태우려는 듯 입을 다물었다.

잠시 그렇게 정적이 흐르고 종리혁의 침 삼키는 소리가 들리고 나서야 신도장천이 다시 입을 열었다.

"점창의 곽가가 고생을 많이 했어. 삼마존 중 검마존을 홀로 상대했으니. 혈마존은 무당의 말코가 맡았고."

신도장천의 입에서 나온 곽가는 점창의 장문인인 곽초(郭楚)를 말함이고, 무당의 말코는 무당파 장문인의 사형인 상옥진인(裳玉眞人)을 말함이다. 두 사람 모두 권왕만큼은 아니지만 정도 무림에서 다섯 손가락 안에 꼽히는 고수이자 어른이었다.

그런 그를 어린아이 이름 부르듯 할 수 있는 이는 신도장천이 유일했다.

"삼마존을 상대하는 건 까다롭긴 했지만 위험할 정도까지는 아니었지. 하지만 진짜 문제는 그다음이었다."

신도장천의 말에 종리혁과 제갈공은 더욱 귀를 기울였다.

"삼마존을 처리하고 파죽지세로 마교를 몰아내던 내 앞에 누가 나타났는지 아느냐?"

종리혁과 제갈공은 고개를 갸웃거렸다. 삼마존을 제외하고 권왕을 상대하기 위해 단신으로 나타날 사람은 없었다.

이미 마교주는 사천에서 벌어진 일전에서 권왕의 손에 목숨을 잃은 후였기에 삼마존을 제외하고 마교에서 내세울 수 있는 패는 없었다.

"짐작 못할 게야. 나도 전혀 짐작 못했으니. 아니, 존재 자체를 몰랐으니 예상도 할 수 없었지. 누가 알았겠나? 한 번도 들어본 적 없는 이십 대 초반의 새파란 애송이가 나타날 거라고."

종리혁과 제갈공은 그의 앞에 나타난 존재에 대해 궁금증을 참기 어려웠다.

"그 녀석의 손에 들린 검은 천마검(天魔劍)이었다. 내가 죽인 마교주의 아들 녀석인 게지. 그건 뭐 그럴 수 있겠다 싶었다. 아비가 내 손에 죽었으니 자식이 복수심에 불타오르는 게 뭐 이상할 게 있다고. 그런데 붙어보고 기절초풍할 뻔했다. 그 녀석이 사용한 검식이 너무나 익숙한 것이었어."

신도장천이 거기까지 말하고는 차를 마시며 목을 축였다. 순간 제갈공은 머릿속을 스치는 불길한 생각이 있었지만 아닐 거라 부정했다.

'그럴 리가 없지.'

하지만 이어진 신도장천의 말은 제갈공의 그런 기대감을 여지없이 무너뜨렸다.

"설백, 그 친구의 검식이었다. 누구보다 친한 친우의 무공에 당했다, 나 신도장천이."

충격.

천마검을 든 마교주의 아들이 검왕 설백의 검식을 펼친다?

상식적으로 말도 안 되는 일이었다.

검왕이 실종된 지 오 년이다.

그 짧은 기간에 검왕의 무공을 익혀 권왕을 이겼다?

이건 더더욱 말이 안 되는 일이었다.

어찌 이런 일이 벌어질 수 있단 말인가.

종리혁과 제갈공이 충격으로 벌어진 입을 다물지 못하고 있을 때 신도장천이 다시 말을 이었다.

"물론 내가 정신적으로 충격을 받지 않았다면 그렇게까지 당하지는 않았을 게야. 그가 펼친 설백의 무공은 아직 미완성이었다는 뜻이지. 배운 기간이 얼마나 되는지는 모르겠지만 짧은 기간 익히고 그 정도로 펼쳐 낸 것이라면… 그는 가히 무공의 천재라 할 수 있을 것이다. 교주가 죽었음에도 마교가 한 번에 무너지지 않은 이유는 새로운 기둥이 있기 때문이었고."

다른 이도 아니고 신도장천이 하는 말이다.

그렇다면 그것은 무조건 사실이다.

무공의 천재.

그런 그가 다시 세상에 모습을 드러낸다면?

과연 중도 무림에서 그를 당해낼 자가 있을까?

거기까지 생각이 미치자 종리혁은 엄습하는 공포에 몸을

부르르 떨었다.

"우선은 설백의 실종에 대해서 다시 한 번 조사를 해야 할 것이다. 설백은 그들의 손에 있어. 조사의 시작점은 운남이어야 할 것이고."

"알겠습니다. 정보망이 복구되는 대로 모든 인력을 투입해 재조사하겠습니다."

제갈공의 대답에 신도장천이 고개를 끄덕였다.

"좀 쉬어야겠다. 그리고 보름 후에 다시 떠날 것이다, 운남으로."

그렇게 말한 신도장천이 맹주의 집무실을 나섰다.

그가 나간 뒤에도 종리혁과 제갈공은 충격에서 쉽게 벗어나지 못했다.

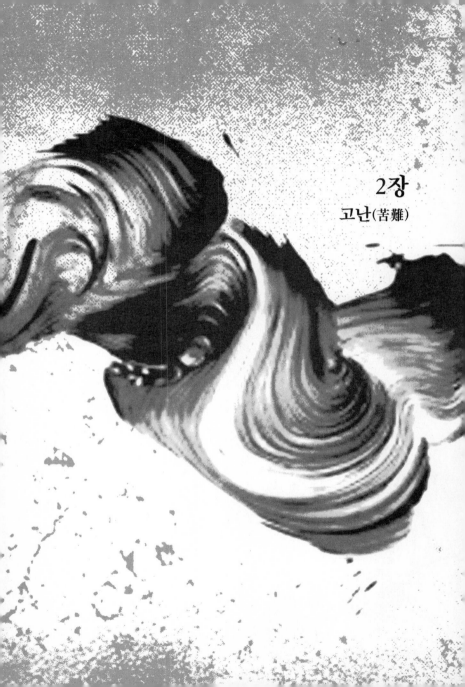

2장
고난(苦難)

風神 徐潤

풍신서윤

지긋지긋하던 정마대전이 끝났다.

마교의 잔당은 교주의 아들을 중심으로 필사의 도주를 하였고, 결국 찾기 어려운 어둠 속 어딘가로 꽁꽁 숨어버렸다.

근 한 달간 그들의 행적을 쫓은 무림맹이었지만 결국 그림자도 보지 못한 채 정마대전 종료를 선언할 수밖에 없었다.

정마대전은 끝났지만 해야 할 일은 산더미였다.

마교의 거센 중원 침공 탓에 중원 무림은 쑥대밭이 된 상황이다.

구파일방과 육대세가는 그 힘을 상당 부분 잃은 상태이고, 군소 방파들의 경우에는 육 할 이상이 멸문당하거나 봉문하는 처지였다.

그러다 보니 치안에 문제가 생기고 말았다.

관에서는 치안을 중원 무림의 문파들에게 일임한 부분이 적지 않았다. 그런데 치안의 일부를 맡아주어야 할 문파 대부분이 제 기능을 상실하고 나니 관에서도 감당하기 어려운 수준이 되어버렸다.

이 년이라는 길다면 길고 짧다면 짧은 기간이었지만 정마대전이 중원 무림뿐만 아니라 나라 전체에도 심각한 영향을 끼친 것이다.

*   *   *

서윤의 집에서 몸을 추스른 노인 권왕 신도장천이 떠난 후, 서윤은 한동안 시무룩한 표정으로 지냈다.

한 달이라는 기간 동안 권왕과 나눈 정이 제법 큰 듯했다.

그런 서윤을 보는 서윤의 부모는 그 마음을 충분히 이해했다. 본인들도 아직 여운이 남아 있는데 어린 서윤은 오죽하겠는가.

그 때문에 서윤의 부친은 일부러라도 서윤을 데리고 여기저기를 다녔다. 예전 같았으면 마을에 혼자 다녀왔을 일도 서윤을 데리고 다녀오곤 했다.

그런 노력 덕분일까.

권왕이 떠나고 한 달 정도가 지나자 서윤은 다시 예전의 밝은 모습을 찾아가고 있었다.

　"윤아, 얼른 준비하거라!"
　서윤의 아버지가 집 안쪽에 대고 소리쳤다. 그리고는 마당에 쌓아놓은 동물들의 가죽을 차곡차곡 포개기 시작했다.
　이제 슬슬 날이 쌀쌀해질 시기.
　두툼한 옷을 만들 수 있는 동물 가죽이 제법 팔려 나가기 시작하는 시기이기도 했다.
　늦잠을 잔 통에 허겁지겁 씻고 옷을 입고 나온 서윤은 아버지와 함께 동물 가죽을 준비하기 시작했다.
　"그렇게 서둘지 않아도 되잖아요. 애 밥이라도 좀 먹이고 내려가지."
　"마을에 내려가서 교자라도 사서 먹이면 되니 걱정 마시구려. 윤석아, 그러니까 일찍 일어났어야지. 네 엄마가 저런 걱정 안 하게."
　서윤의 아버지가 서윤의 머리를 한 대 쥐어박으며 말했다. 그러자 서윤이 입을 빼쭉 내밀면서 동물 가죽들을 마저 정리하기 시작했다.
　정리가 어느 정도 끝나자 서윤의 아버지가 동물 가죽을 끈으로 질끈 동여매더니 작은 덩어리를 서윤에게 주고 자신이 큰 덩어리를 짊어졌다.

"다녀오리다. 뭐 사올 것 있소?"

"없어요. 조심해서 다녀오세요. 윤이도!"

"네!"

어머니의 배웅을 받으며 서윤과 서윤의 아버지는 마을로 내려갔다. 서윤의 어머니는 다정한 부자의 모습을 흐뭇한 표정으로 바라보았다.

"아니, 이, 이게······."

마을에 도착한 서윤의 아버지는 당황스러운 표정을 지었다. 노점이 있어야 할 자리에는 다 부서진 가판만 남아 있고 곳곳에 사람들이 쓰러져 있었다.

웃고 떠들며 밥을 먹어야 할 주막에는 뜨거운 불길이 치솟고 있고 저 멀리에서는 간간이 비명이 들려오고 있었다.

'큰일이다!'

안 그래도 근래 도적들의 수탈이 극에 달했다는 소식을 들은 적이 있다.

이렇게 작은 마을까지는 아직 손길이 뻗지 않았을 거라 생각했는데 그것이 아니었다.

"윤아, 얼른 돌아가자."

서윤의 아버지가 얼른 짊어지고 있던 동물 가죽을 내려놓으며 말했다.

초토화된 마을을 보며 얼떨떨한 표정을 짓고 있던 서윤도 짐을 내려놓았다.

지금은 동물 가죽이고 돈이고 일단 빨리 이곳을 벗어나는 게 중요했다.

"가자."

부친이 서윤의 손을 잡으며 돌아설 때였다.

우지끈!

"으하하하! 이리 와라! 내 오늘 극락을 맛보게 해주마!"

"꺄아아! 사, 살려주세요!"

마을 초입에 있던 집 한 곳이 부서져 나가며 도적 한 명이 여인의 머리채를 질질 잡아끌며 밖으로 나왔다.

"으하하하!"

도적이 광기 어린 웃음을 터뜨리고는 고개를 돌렸다. 그리고 그의 눈에 공포에 질린 서윤과 서윤 부친이 들어왔다.

"뛰어!"

서윤의 부친이 서윤의 손을 잡고 뛰었다. 하지만 도적은 눈앞에 있는 여인의 옷을 거칠게 찢어버릴 뿐 두 사람은 신경도 쓰지 않았다.

당장의 욕구를 떨쳐 버리기가 쉽지 않았기 때문이다. 실로 천만다행이었다.

두 사람은 뒤도 돌아보지 않고 뛰었다.

결코 가까운 거리가 아님에도 서윤과 서윤 부친은 넘어지면 서로를 일으켜 세워주며 달리고 또 달렸다.

마을로 떠난 지 얼마 안 되어 남편과 아들이 집으로 돌아
오자 서윤의 어머니는 의아한 표정으로 둘을 보았다.

"벌써 다 팔고 오신 거예요? 아니, 이 땀은 다 뭐고?"

서윤의 아버지는 의아해하며 묻는 부인의 말에 대답은 하
지 않고 일단 문부터 걸어 잠갔다.

그러고는 한쪽에 앉아 숨을 골랐다.

반면 서윤은 오자마자 집 한구석에 웅크리고 앉아 몸을 벌
벌 떨고 있다.

어린 나이에 난생처음으로 본 무서운 광경.

충격을 받지 않았다면 그것이 더 이상할 상황이었다.

"윤아, 왜 그러니? 윤아?"

서윤의 어머니가 걱정스러운 표정으로 서윤의 땀을 닦아주
며 물었다. 하지만 서윤은 지금 대답할 수 있는 상황이 아니
었다.

"마을이… 도적 떼의 습격을 받았어."

"도적이요?"

남편의 말에 화들짝 놀란 서윤의 어머니는 뛰는 가슴을 겨
우 진정시키고는 서윤을 쳐다보았다.

그런 광경을 보았으니 서윤이 지금과 같은 모습을 보이는
건 당연했다.

"괜찮아, 괜찮아."

서윤의 어머니가 서윤을 꼭 끌어안아 주었다. 하지만 그녀의 품에 안긴 서윤의 몸은 계속해서 떨리고 있었다.

"당분간은 될 수 있으면 집 밖으로 안 나가는 게 좋겠어. 그리고 시간이 좀 지나고 잠잠해지면… 이곳을 떠나자고."

비록 마을과 좀 떨어져 있는 산속에 있다고는 하지만 인근 마을이 습격을 받았다면 지금 이곳도 안전한 곳은 아니었다. 언제 그들의 눈에 띌지 모를 일이었다.

서윤의 아버지는 깊은 한숨을 내쉬고는 눈을 감은 채 놀란 가슴을 진정시켰다.

한쪽에서는 서윤의 모친이 계속해서 서윤을 끌어안은 채 다독이고 있다.

*   *   *

"이게 무슨……."

신도장천이 서윤의 집 인근의 마을에 도착한 건 그로부터 이틀 뒤 저녁 시간이었다.

노을빛이 내려앉은 마을의 모습은 처참했다.

비록 규모는 작았지만 제법 활기가 넘치던 마을이었는데 지금 눈앞에 펼쳐진 광경은 그것과는 거리가 멀었다.

폐허가 된 건물과 썩기 시작한 시체들.

퀴퀴한 악취와 함께 까마귀 울음소리만 그득한 마을로 변해 버린 상태였다.

'이곳도 도적 떼의 습격을 받았는가!'

신도장천은 잠시 안타까운 시선으로 주변을 훑은 뒤 경공을 펼쳐 마을을 벗어났다.

서윤 가족의 안위가 걱정되었기 때문이다.

서윤의 집이 있는 산으로 들어서자 빠르게 어둠이 내려앉기 시작했다.

어렴풋이 길이 기억나기는 했지만 더욱 어둠이 깔리기 시작하면 집을 찾기도 전에 고립되겠다는 생각에 신도장천의 발걸음이 다급해졌다.

그렇게 한참을 헤매던 신도장천의 눈에 집 한 채가 들어왔다. 안력을 돋워 확인한 서윤의 집. 다행히 제대로 찾아왔다는 생각에 일단 안도하며 서둘러 집으로 다가갔다.

'이런.'

서윤의 집에서 풍기는 분위기는 빈집 같았다. 신도장천은 설마 하는 마음으로 조심스럽게 안으로 들어갔다.

어두컴컴한 집 안, 어수선하게 나뒹굴고 있는 집기들, 그리고 바닥에 쓰러져 있는 서윤의 아버지와 옷이 다 찢긴 채 침상에 누워 눈도 제대로 감지 못하고 죽어 있는 서윤의 모친이 눈에 들어왔다.

"아아······."

신도장천의 눈에 안타까움과 분노, 그리고 왠지 모를 죄책감이 피어올랐다.

"윤아……."

신도장천이 나직이 중얼거렸다. 서윤은 물론이고 서윤의 가족 모두가 눈앞을 스쳐 지나갔다.

자신의 목숨을 구해준 것만 해도 갚지 못할 은혜를 입었는데 정작 자신은 그들에게 받기만 하고 아무것도 해주지 못했다.

'권왕이라는 호칭을 얻었으면 무엇 하는가. 구명지은도 제대로 못하고 이렇게 되었는데.'

"허허."

신도장천의 입에서 허탈한 웃음이 흘러나왔다. 그러는 사이 집 안은 더욱 어두워지고 있었다.

'윤이의 시신은 보이지 않는다.'

집 안에 있는 시신은 서윤의 부모뿐이었다. 그렇다는 이야기는 서윤이 아직 살아 있을 가능성이 높다는 뜻이기도 했다.

'도망쳤거나 잡혀 끌려갔거나, 아니면 어딘가에 숨었거나.'

신도장천은 화로 들끓는 마음을 진정시키며 냉정하게 생각하기 시작했다.

그러고는 안력을 더욱 돋워 집안을 살폈다. 이어 서윤의 아버지와 어머니의 시신으로 다가가 체온을 살폈다.

'오래되지는 않았다. 네 시진 정도.'

사후경직이 일어났지만 아직 손가락 관절은 그렇지 않은 것으로 보아 반나절이 채 되지 않은 듯했다.

　'조금만 빨랐어도……'

　하루만, 아니, 반나절만 빨리 도착했어도 지금과 같은 참사를 막을 수 있었다는 생각에 더욱 안타까운 마음이 커졌다.

　'어딘가에 숨어 있을 수도 있으니 우선 집안 수색부터 해야 한다.'

　신도장천은 기감을 풀었다. 만약 집 안에 숨을 수 있는 공간을 만들어놓았다면 그곳에 있을 가능성이 높기 때문이다.

　하지만 혹시나 하는 기대감은 이내 실망으로 바뀌었다.

　집 안에서는 그 어떤 사람의 기운도 느껴지지 않았다.

　"후……."

　신도장천은 작게 한숨을 내쉬었다. 집 안에 없다면 밖에 나가 찾기 전에 간단히 시신 수습이라도 해야 했다.

　신도장천은 우선 이불로 서윤 모친의 몸을 감쌌다. 그러고는 바닥에 쓰러져 있는 서윤 부친을 들어 침상 위에 나란히 눕혔다.

　이어 두 사람의 눈을 감겨준 뒤 눈을 감고 고개를 숙였다.

　"미안하오. 내가 조금만 빨리 왔어도 이런 일은 없었을 것을… 윤이는 꼭 찾아 죽을 때까지 잘 보살피겠습니다. 일단은 윤이를 찾는 것이 우선이니 윤이를 찾아 다시 오겠습니다."

　신도장천이 두 사람의 한을 조금이라도 풀어주는 길은 그것뿐이었다. 간단히 시신을 수습한 신도장천은 곧장 집 밖으로 나갔다.

집 밖으로 나온 신도장천은 이동하기 전 기감을 먼저 최대한으로 퍼뜨렸다.

권왕이라 불리는 그의 심후한 내력이라면 사방 이 리 정도는 충분히 살필 수 있었다.

기감을 퍼뜨린 신도장천은 눈을 감고 집중했다.

산짐승과 서윤의 기운을 구별하는 것이 중요했기 때문이다.

그가 퍼뜨린 기운에 무수히 많은 산짐승의 기운이 걸리기 시작했다.

번쩍!

계속해서 기운을 가려내던 그는 어느 순간 두 눈을 부릅떴다. 순간 폭사되는 안광. 그와 함께 그가 바람처럼 신형을 날렸다.

안력을 돋워 산을 달리는 신도장천은 하늘에 감사했다. 물론 도적 떼에 끌려갔다면 근방 도적 떼의 씨를 말려서라도 찾을 생각이었지만 서윤의 생사는 장담할 수 없었다.

'이 근처다.'

서윤이 숨어 있을 것으로 생각되는 지점에 도착한 신도장천은 주변을 둘러보았다.

쉽게 눈에 띄는 곳에 숨었을 리도 없고 날이 많이 어두워

찾기가 쉽지 않았다.

"윤아!"

신도장천이 서윤을 불렀다. 하지만 돌아오는 대답은 없었다.

"윤아!"

그는 포기하지 않고 다시 한 번 부르며 주변을 살피기 시작했다. 그의 마음은 점차 조급해지고 있었다.

*　　　*　　　*

서윤은 웅크리고 있었다.

얼마나 울었는지 눈은 퉁퉁 부어 있고 몸은 덜덜 떨리고 있다.

무서웠다.

너무나 무서웠다.

어두컴컴한 곳에 있는 것도 무서웠지만 밖으로 나가는 건 더 무서웠다.

자꾸만 귓가에 듣고 싶지 않은 소리가 들렸다.

아버지의 비명과 울부짖는 어머니의 목소리.

집에 가까워질수록 그 소리는 더욱 크게 들려왔다.

볼일을 보러 뒷간에 다녀오던 서윤은 더 이상 집으로 다가가지 못했다.

이틀 전 아버지와 함께 마을에 갔을 때 본 광경이 머릿속에 떠올랐고, 그대로 내달려 도망쳤다.

몸을 숨기고 웅크리고 있는 내내 부모님을 버리고 도망친 것에 대한 죄책감이 물밀 듯이 밀려왔다.

주변의 다른 소리는 하나도 들리지 않았다.

환청처럼 들리는 비명만이 귓가에 맴돌 뿐이다.

'할아버지.'

그 순간 떠오른 할아버지 신도장천의 모습.

그를 떠올린 순간 서윤의 입에서 한마디가 흘러나왔다.

"도와주세요."

*   *   *

"…세요."

아주 작은 목소리가 들렸다.

신도장천은 움직임을 멈추고 집중했다. 하지만 자신이 들은 목소리는 다시 들려오지 않았다.

찰나의 순간에 들린 소리였지만 신도장천은 그 방향을 놓치지 않았다.

방향을 잡고 그 주변을 유심히 살폈다.

커다란 나무 밑동.

땅이 파여 뿌리가 다 드러나 보이는 공간이 있고, 그 앞에는 가시덤불이 듬성듬성 돋아 있다.

그 사이로 어렴풋이 보이는 모습은 분명 서윤이었다.

"윤아!"

신도장천은 맨손으로 가시덤불을 파헤쳤다.

손이 다치는 건 전혀 신경 쓰지 않았다. 지금 중요한 것은 서윤이 무사하다는 사실이었다.

가시덤불 속에 웅크리고 있던 서윤은 덤불을 헤치고 신도장천이 나타나자 슬며시 고개를 들고 그를 바라보았다.

그리고 그의 얼굴을 확인한 순간 울음을 터뜨렸다.

"그래, 그래. 무서웠겠지. 이제 괜찮다, 괜찮아."

신도장천이 서윤을 안아 다독였다.

서윤은 그의 품 안에서 그간의 두려움을 다 토해내기라도 하듯 계속해서 울음을 터뜨렸다.

신도장천은 서윤의 손을 꼭 붙잡고 어둠이 짙게 깔린 산을 내려왔다. 집에는 아직 서윤의 부모의 시신이 있어 서윤을 데리고 갈 수 없었기 때문이다.

서윤은 신도장천의 손을 놓치지 않겠다는 듯 꽉 잡고 있다. 그 힘은 고스란히 신도장천에게 전달되었고, 그런 서윤이 신도장천은 너무나 가여웠다.

산을 내려오자 서윤은 더 이상 걷기 어려운지 털썩 주저앉았다. 그에 신도장천은 서윤의 앞에 등을 보이고 쪼그려 앉았다.

"업히거라."

신도장천의 말에 서윤은 잠시 머뭇거렸다. 하지만 이내 그의 등에 업혔다.

서윤을 등에 업고 일어선 신도장천은 가벼운 무게에 가슴이 아팠다.

또래보다는 체구가 크다 하지만 아직 이리 가벼운 어린아이. 이런 아이에게 너무나 가혹한 일이 벌어졌기 때문이다.

"꼭 붙들거라."

신도장천의 말에 그의 목을 감은 서윤의 팔에 힘이 들어갔다. 서윤이 단단히 매달린 것을 확인한 신도장천은 빠르게 달리기 시작했다.

귀주성 홍인현에 있는 무림맹 지부.

정마대전이 끝나고 재건이 한창이다. 바쁘게 이곳 일을 진두지휘하던 지부장은 갑작스레 찾아온 사람을 보고는 깜짝 놀랐다.

권왕 신도장천.

먼발치에서 본 적은 있지만 이렇게 가까이에서 마주 앉아 대화를 나누는 것은 처음이다.

서윤을 데리고 무림맹 지부를 찾은 신도장천은 일단 깨끗한 방에 서윤을 눕히고 재웠다.

그러고는 곧장 지부장과 독대하고 있다.

"부탁할 것이 있네."

"무엇이든 말씀하십시오."

부탁할 것이 있다는 신도장천의 말에 지부장은 고개를 숙이며 대답했다.

"내가 일러주는 곳에 가면 저 아이의 부모가 있을 것이네. 수습을 부탁하네."

"수습이라 하시면……."

"죽었네."

신도장천의 말에 지부장이 화들짝 놀랐다. 그리고 잠시 후 안타까움과 미안함이 표정에 묻어났다.

신도장천은 가장 가까운 지부를 찾은 것이리라.

그렇다는 이야기는 예전이라면 자신들의 관할 안이라는 뜻.

정마대전 이후 지부 수습에 매진하느라 미처 신경을 쓰지 못했는데 이런 참사가 벌어진 것이다.

안 그래도 근래에 들어 도적 떼와 산적들이 기승을 부린다는 이야기에 부족한 인력을 빼내 치안에 신경 쓰고는 있었으나 역부족인 것이 사실이었다.

"알겠습니다. 최대한 신경 써서 수습하겠습니다."

지부장의 말에 고개를 끄덕인 신도장천이 자리에서 일어서려다가 다시 앉으며 물었다.

"지필묵 좀 준비해 주겠나? 맹주에게 전서구를 좀 보내려고 하는데."

"네, 물론입니다."

"그럼 아까 그 아이가 자고 있는 방으로 가져다주게."

"그렇게 하겠습니다."

지부장의 대답에 살짝 미소를 지어 보인 신도장천이 자리에서 일어나 서윤이 자고 있는 방으로 향했다.

서윤은 기절한 듯 자고 있었다.

간혹 뒤척이는 것이 아니라면 진짜로 기절한 것으로 오해할 정도로 깊은 잠에 빠져 있었다.

체력적으로도 힘들었지만 그보다도 정신적 피로도가 극에 달했기 때문이다.

서윤이 자고 있는 침상 곁에 앉은 신도장천은 가만히 서윤의 머리를 쓰다듬어 주었다.

처도 자식도 없이 오로지 무공만 익히고 거친 싸움판에서 살아온 그다. 게다가 일인전승의 계파인지라 다른 이처럼 사형제가 있는 것도 아니었다.

그렇다 보니 가족 간의 정을 느껴본 것이라고는 기억도 없는 어린 시절이 전부였다.

책임감과 의무감이 강해 서윤을 거두기는 했지만 정작 거두어서 자신이 잘해줄 수 있을지 걱정이 안 되는 것은 아니었다.

"네 운명도 참 기구하구나. 나와 만난 것, 그리고 이렇게 나와 함께하게 된 것이 네 앞날에 어떻게 작용할지 두렵기도 하고 기대가 되기도 하는구나."

"지필묵을 준비해 왔습니다."

서윤의 머리를 쓰다듬으며 중얼거리고 있을 때 지부장이 지필묵을 가져왔다.

지필묵을 받아 든 신도장천은 짧게 서신을 쓴 뒤 지부장에게 건넸다.

"맹주에게 좀 보내주게. 그리고 이 아이의 부모를 수습할 때까지 이곳에서 신세를 좀 져야겠네."

"신세라니요. 가당치도 않습니다. 편히 쉬실 수 있도록 준비하겠습니다."

"고맙네."

"거처는 어떻게 하시겠습니까? 이 아이와 같은 방에서 지내시겠습니까?"

"같이 지내겠네. 아니면 인근 객점에 잡아주어도 좋고."

신도장천의 말에 지부장이 손사래를 치며 말했다.

"이곳에서 지내셔야지요. 그럼 쉬십시오."

지부장의 말에 신도장천이 고개를 끄덕였다. 지부장이 나가고 신도장천은 한동안 말없이 자고 있는 서윤을 바라보았다.

　　　　*　　　　*　　　　*

　정신적 충격 때문인지 서윤은 며칠 동안 거의 말을 하지 않았다. 혹여 실어증에 걸린 건 아닐까 걱정되었지만 의원의 진단을 받아본 결과 실어증은 아니었다.

　실어증이 아니라면 마음의 상처 때문에 일부러 말을 하지 않는다는 것인데, 그런 서윤을 보는 신도장천은 미안한 마음뿐이다.

　신도장천과 서윤이 이곳에 온 지 열흘째 되는 날, 지부장으로부터 서윤 부모의 시신을 수습했다는 소식을 들었다.

　그 소식에 말도 잘 하지 않고 방 밖으로 거의 나가지 않던 서윤이 벌떡 일어나 밖으로 뛰쳐나갔다.

　신도장천 역시 그런 서윤의 뒤를 따라 밖으로 나갔다.

　지부장이 두 개의 유골함을 들고 있다.

　"흐흑, 흑, 흐엉엉!"

　유골함을 본 서윤은 결국 그 자리에 주저앉아 울음을 터뜨렸다. 그동안 참고 참았지만 부모님의 죽음을 눈으로 확인한 이 상황에서는 참을 수가 없던 것이다.

　신도장천과 지부장을 비롯해 서윤의 부모를 수습하는 데 함께한 지부의 무인 모두가 말없이 안타까운 시선으로 서윤을 바라보았다.

통곡하는 서윤을 가만히 바라보던 신도장천이 조심스레 그를 일으켜 세웠다.

"실컷 울어라. 울어야 낫는단다. 부모님의 빈자리를 내가 완전히 채울 수는 없겠지만 그래도 최대한 노력하마. 네 부모님이 훗날 잘 자란 네 모습을 보고 웃으실 수 있도록."

서윤에게 하는 말인지 본인 스스로 다짐하는 것인지 모를 말을 한 신도장천이 서윤을 다독였다.

그래서일까.

통곡하던 서윤도 이제는 감정을 많이 추스르고 있었다.

다음 날.

신도장천과 서윤은 무림맹 홍인 지부를 나섰다. 지부장이 좀 더 머물 것을 권했지만 신도장천은 고개를 저었다.

떠나는 두 사람의 뒷모습을 바라보는 지부장은 전날 있던 일을 떠올렸다.

"무공을 배우고 싶어요."

한참을 울던 서윤이 실로 오랜만에 내뱉은 한마디였다. 그 말에 잠시 놀란 듯 말을 잇지 못하던 신도장천은 '운명이란 말인가'라고 중얼거리더니 그러겠다고 답했다.

어제의 일을 생각하던 지부장이 다시금 멀어지는 두 사람의 뒷모습을 바라보며 중얼거렸다.

"저 아이에게 벌어진 일은 실로 안타까운 일이지만… 중원 무림에는 새로운 복일 수도 있겠구나."

그렇게 서윤은 열 살에 고아가 되었고, 권왕 신도장천은 육십이 넘은 나이에 처음으로 제자를 들였다.

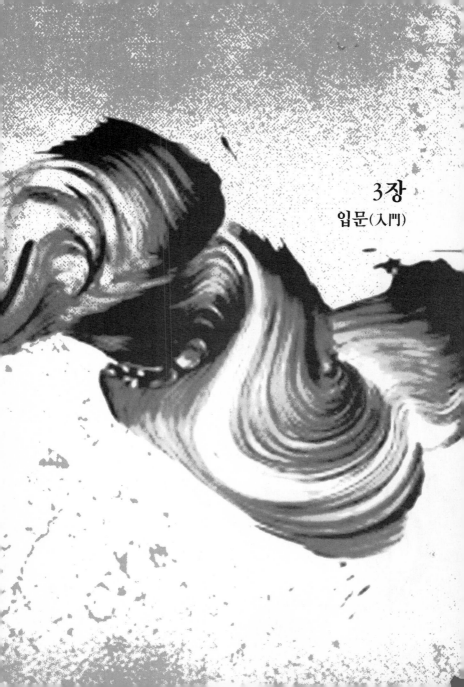

3장
입문(入門)

風神 徐閏

풍신서윤

애초에 무림맹을 떠나 서윤에게 들러 며칠의 시간을 보낸 뒤 운남으로 떠나려 한 신도장천은 운남이 아닌 다른 쪽으로 방향을 잡았다.

서윤을 데리고 운남에 가게 되면 제대로 무공을 가르치기 어려울 것이라 판단했기 때문이다.

무공을 가르치는 것을 떠나 서윤을 거두기로 하면서 운남에는 가지 않으려 한 신도장천이다. 그래서 홍인 지부장에게 지필묵을 빌려 검왕 설백에 대한 조사를 부탁한다는 서신을 보내놓은 상태였다.

신도장천이 서윤을 데리고 간 곳은 중경의 옥화산(玉化山)

에 있는 작은 화전민 마을이었다.

예전부터 신도장천이 머물던 마을인데, 다행히 이곳은 산적이나 도적의 습격을 받지 않았다.

신도장천의 거처는 화전민 마을에서도 가장 깊숙한 곳에 위치한 작은 초가였다. 주변의 나무와 잘 어우러진, 보기만 해도 뭔가 마음이 편해지는 그런 분위기를 풍기는 집이다.

귀주성에서 이곳 중경 옥화산까지 오는 동안 신도장천은 서윤에게 무공에 대한 이야기는 한마디도 하지 않았다.

서윤 역시 신도장천에게 어서 무공을 가르쳐 달라 떼쓰지 않았다.

두 사람 사이에 대화는 그리 많지 않았다.

부모님을 잃은 이후로 서윤의 말수가 급격하게 줄어든 탓도 있지만 신도장천도 누군가와 부대끼며 지내본 적이 없기에 이야기를 끌어가는 재주가 없었다.

거처에 도착한 신도장천이 서윤과 마주 앉았다.

잠시 어색한 기류가 흐른 후 먼저 분위기를 깨고 입을 연 사람은 신도장천이었다.

"윤아, 지금부터 네게 진지하게 물을 테니 심사숙고해서 답하거라."

"네."

"왜 무공을 배우고 싶은 게냐?"

신도장천은 계속해서 이것을 묻고 싶었다. 이미 무공을 가르치겠다고 했지만 만약 서윤이 무공을 배우고 싶어 하는 이유가 복수심 때문이라면 내뱉은 말을 번복하고 가르치지 않을 생각이었다.

단순히 복수심에 불타 무공을 배우게 된다면 아무리 정심한 무공을 익힌다 한들 사마의 길로 빠질 수 있기 때문이다.

"힘을 기르고 싶어요."

"힘? 그럼 왜 힘을 기르고 싶은지 물어도 되겠느냐?"

신도장천의 물음에 서윤은 바로 대답하지 못하고 무언가를 생각하는 듯했다. 그에 신도장천은 차분하게 서윤의 생각이 정리될 때까지 기다려 주었다.

"다시는 이런 일은 겪고 싶지 않아요."

서윤의 대답에 신도장천은 고개를 끄덕였다. 복수에 대한 이야기가 나오지 않아 일단은 다행이라 생각하며 다시 물었다.

"나와 함께 있으면 굳이 무공을 익히지 않아도 이런 일을 겪지 않을 수 있단다."

"언젠가는 또다시 혼자가 되잖아요."

서윤의 대답에 신도장천은 말문이 막혔다.

그렇다. 물론 무공을 익혔으니 일반인보다는 좀 더 건강하게 오래 살 수 있을 것이다.

하지만 이번 정마대전에서도 죽을 고비를 넘겼듯이 무림에 몸담고 있는 이상 당장 내일 죽을지도 모르는 일이다.

그렇다면 자신이 죽고 서윤이 홀로 남았을 때를 대비해 무공을 가르치는 것도 좋겠다는 생각이 들었다. 그런 생각에 고개를 끄덕이던 신도장천의 머릿속에 또 다른 생각이 떠올랐다.

'무공을 익히고 무림인이 되는 것이 오히려 이 아이에게는 더 힘든 삶을 살게 만들 수도 있다. 그냥 평범한 삶을 살게 해주는 것이 옳은 일 아닐까?'

그때부터 신도장천의 고민이 시작되었다. 제법 긴 시간 동안 고민하고 또 고민해서 나온 결론은 한 가지였다.

권왕 신도장천과 엮인 삶이라면 이미 평범한 삶이 아니라는 것이다.

"좋다, 내 너에게 무공을 가르쳐 주마. 대신 한 가지 약속해다오."

"네."

"너와 인연이 닿아 전수하기는 한다만 한 가지는 명심하거라. 무공을 익혔다 하여 약한 자를 핍박해서는 안 되며 강함을 고스란히 드러내서도 안 된다. 무공을 익히고 중원에 나서는 순간부터 주변에는 내 편보다 적이 더 많은 법, 문(文)이든 무(武)든 일정 경지에 도달하면 그만큼 겸손해야 한다. 이 말을 꼭 새기고 그리 행동하여라. 알겠느냐?"

"네."

서윤이 고개를 끄덕이며 대답했다. 근래 들어 가장 똑 부러

진 목소리와 눈빛이다.

"구배(九拜)는 생략하자꾸나. 굳이 속세의 예를 따르고 싶지 않다. 날 스승이 아닌 지금처럼 할아버지라고 생각하거라. 대신 무공을 배우는 데에 있어서만큼은 진지하게 열과 성을 다해야 할 것이다."

"그럴게요."

서윤이 고개를 끄덕이며 대답했다. 그에 신도장천은 흐뭇한 미소를 지으며 고개를 끄덕였다.

"그래, 본격적인 수련은 내일부터 하자꾸나. 오늘은 피곤할 테니."

"네."

그렇게 신도장천과 서윤의 동거가 시작되었다.

다음 날.

정오가 지났음에도 서윤은 일어나지 않았다. 오랜만에 숙면을 취하는 서윤을 보며 신도장천은 좀 더 자게 놔두었다.

홍인 지부에서 첫날 기절하듯 잠에 빠져든 것을 제외하고 서윤은 단 하루도 잠을 제대로 자지 못했다.

그런데 이곳에 온 첫날부터 푹 자는 것을 보니 마음이 제법 편한 모양이다.

물론 부모님을 잃은 충격이 하루아침에 괜찮아질 수는 없겠지만 혼자가 아닌 신도장천과 함께한다는 사실, 그리고 그

의 거처가 가져다주는 편안한 분위기 등이 어느 정도는 도움
이 되는 듯했다.

　서윤은 미시(未時) 초가 되어서야 잠에서 깼다.

　눈을 뜬 서윤은 부스스한 모습으로 밖으로 나갔다.

　집 밖에는 자그마한 평상이 하나 있었는데, 신도장천이 그
위에 가부좌를 틀고 앉아 운기를 하고 있었다.

　서윤은 조심스럽게 문을 닫고 운기를 하고 있는 신도장천
을 바라보았다.

　"운기라는 것이다."

　서윤이 나오는 것을 알고 있던 신도장천이 눈을 뜨며 말했
다.

　"이리 오너라."

　신도장천의 부름에 서윤이 평상으로 다가가 끄트머리에 걸
터앉았다.

　"올라와서 편히 앉아도 된다. 끝에 앉으면 불편하잖느냐."

　신도장천의 말에 서윤이 평상 위로 올라와 편히 앉았다. 가
을을 향해 가는 공기가 제법 상쾌했다.

　"네게 가르칠 무공은 풍절비룡권(風節飛龍拳)과 풍령신공(風
靈神功)이란다. 그래도 강호에서는 제법 이름난 무공이지."

　신도장천의 말에 서윤은 가만히 고개를 끄덕였다. 정확히
그의 실력과 무림에서의 위치를 알지는 못했지만 무림맹 지부
에서 다들 그를 공손히 대한 것을 떠올리며 흔히 말하는 고

수라는 것 정도는 짐작할 수 있었다.

"풍절비룡권은 풍령신공에 기반을 두고 있다. 권법과 심법 모두 풍(風)이라는 글자가 들어가 있듯이 바람의 기운을 근간으로 하지. 바람이란 잔잔할 때에는 몸과 마음을 어루만져 주지만 화가 나면 굳건하게 뻗은 거목의 뿌리도 단번에 뽑아버릴 정도로 그 위력이 강하다. 부드러움과 강함의 기운을 동시에 가지고 있으면서도 자유로움을 잃지 않으니 가히 최고라 할 수 있을 것이다."

신도장천이 빠르지도, 그렇다고 느리지도 않게 말했다. 하지만 서윤이 당장 이해하기에는 조금 어려운 감이 없지 않아 있었다.

그럼에도 서윤은 진지한 자세로 이어지는 신도장천의 이야기를 한마디도 놓치지 않으려는 듯 집중하여 들었다.

"풍령신공은 하단전에 기반을 두지만 중단전과 상단전에 경계를 두지 않는다. 자유롭게 흐르는 바람을 그릇에 담는다 하여 담기지 않는 것처럼 진기의 흐름도 자유롭게 놓을 줄 알아야 한다. 그것을 억지로 제어하려 한다면 되레 몸이 상하고 주화입마에 들 수 있다. 진기가 너를 따르고 몸과 정신에 동화될 때 비로소 진정한 위력을 뿜어낼 수 있을 것이다. 알아들었느냐?"

신도장천이 서윤의 하단전과 중단전, 상단전을 각각 짚어주며 말했다. 서윤은 신도장천의 이야기를 천천히 곱씹으며 고개를 끄덕였다.

"조금 어렵긴 할 게야. 바로 알아듣지 못해도 괜찮다. 시간은 많으니까."

"네."

서윤이 고개를 끄덕였다. 이곳에서 할 것이라고는 무공 수련밖에 없었다. 신도장천의 말대로 시간은 많았다.

"그럼 지금부터 풍령신공의 구결을 전수하겠다. 한 번에 외우기는 어렵겠으나 모두 외울 때까지 일러줄 것이니 조급한 마음은 먹지 말거라."

그렇게 말한 신도장천이 곧바로 풍령신공의 구결을 읊기 시작했다. 서윤은 귀를 쫑긋 세우고 더욱 집중하여 구결을 들었다.

글을 배우기는 했으나 기본적인 것을 읽고 쓰는 정도의 수준인지라 단번에 듣고 이해하기는 어려웠다. 하지만 일단 듣고 외우는 것에 집중하기로 했다.

구결을 전수하고 집중하여 듣는 두 사람의 연공(年功)은 한동안 계속 되었다.

*　　　　*　　　　*

서윤이 풍령신공의 구결을 모두 외우기까지 약 한 달의 시간이 걸렸다. 하지만 구결만 외웠을 뿐 아직까지 하단전에 제대로 된 그릇을 만들지 못하고 있었다.

하지만 신도장천은 조급해하지 않았다.

말로만 오의(奧義)를 전달해야 하는 상황인 데다가 한 달 만에 쉽게 그릇을 만들고 깨우칠 수 있는 무공이라면 '신공'이라 불리지도 않으리라.

서윤도 조급해하지 않았다.

신도장천의 말처럼 시간이 넘쳐나니 조급한 마음도 들지 않았다.

하지만 시간이 많다고 해서 느슨해지지도 않았다.

보통은 무언가를 할 때 시간적 여유가 있으면 느긋하게 대처하다가 닥쳐서 급하게 처리하게 마련이지만 서윤은 그런 마음을 갖지 않았다.

매 순간 최선을 다해서, 그렇다고 조급하지 않게.

제대로 된 무의 길을 걷는 데 꼭 필요한 요소를 서윤은 가지고 있었다.

그런 서윤의 모습에 신도장천도 더욱 진지해졌다.

제대로 가르쳐 보고 싶은 마음이 더욱 커진 까닭이다. 틈만 나면 서윤을 붙잡고 무공에 대해 논하는 것을 멈추지 않았다.

그런 노력 덕분일까.

구결을 모두 외운 지 정확히 한 달 하고도 보름이 되는 날, 서윤의 하단전에 한 줄기 바람이 찾아들었다.

서윤이 하단전에 그릇을 만든 지 두 달이 훌쩍 지났다. 아침 공기가 제법 쌀쌀했지만 일찌감치 눈을 뜬 서윤은 평상에 올라가 가부좌를 틀고 앉았다.

처음에는 가부좌를 틀고 앉는 것도 곤욕이었지만 이제는 편안하게 자세를 취할 수 있었다.

가부좌를 틀고 앉은 서윤은 풍령신공의 구결을 따라 운기를 시작했다.

하단전에서 한 줄기 바람이 불었다.

아직은 미약한 바람.

하지만 그 바람은 더없이 힘차게 서윤의 전신을 휘돌았다.

'후우…….'

바람이 온몸을 한 차례 돌고 하단전으로 돌아오자 서윤이 속으로 작게 호흡을 내뱉었다. 항상 느끼는 것이지만 바람이 몸을 한 바퀴 돌 때의 느낌이 너무나 좋았다.

'어?'

그런 생각을 하며 가부좌를 풀려는 순간 서윤은 당황하지 않을 수가 없었다.

보통은 자신이 이끄는 대로 한 바퀴 돌고 하단전에 머물던 바람이 자신의 멋대로 그릇을 나서려 했기 때문이다.

처음 겪는 일에 적지 않게 당황하고 있을 때 신도장천의 전음이 들렸다.

[가만히 놔두어라. 숱하게 말했듯이 바람은 사람의 의지로 어찌할 수 있는 것이 아니다. 자연스럽게 그 흐름에 몸과 정신을 맡기는 거다.]

신도장천의 전음에 서윤이 심호흡을 하며 다시 바람을 느끼기 시작했다.

천진난만하게 몸을 돌아다니는 바람.

풍령신공의 구결대로 돌기도 하고 전혀 다른 길로 돌기도 했다.

수시로 방향이 바뀌는 자연의 바람처럼 진기의 흐름 역시 그와 같았다.

서윤은 침착하게 진기가 움직이고자 하는 대로 가만히 놔두었다.

기분 좋은 감각에 서윤의 입가에 미소가 번졌다.

운공을 하는 서윤을 바라보는 신도장천의 얼굴에 기꺼운 표정이 드러나 있다.

'바람이라는 녀석은 굉장히 변덕스러워서 쉽게 마음을 주지 않는다. 하지만 마음에 들면 더없이 친근하게 달려들지. 지금이 그런 상태인 모양이구나. 불과 석 달 만에 이단공이라니. 풍령신공과 맺어질 연이었던 건가.'

실제로 신도장천이 풍령신공을 처음 익힐 때 이단공에 접어든 것이 구결을 전수받고 꼬박 반년이 되었을 때의 일이니 서윤은 그보다 두 배 빠른 속도라 할 수 있었다.

　신도장천은 서윤과 풍령신공이 맺어질 운명이라 생각하고 말았지만 사실 자연을 벗 삼아 생활하던 서윤에게 흔히 오행(五行)이라 하는 것들은 더없이 익숙하고 친숙한 것이었다.

　그러한 기질은 바람에 기반을 둔 풍령신공과 잘 어울리는 것이라 할 수 있었다.

　'이단공에 들었으나 못 알아차리겠지만.'

　풍령신공의 일단공은 말 그대로 하단전에 바람이 머무는 단계였다. 그리고 이단공은 그 바람의 크기가 조금 커지는 수준일 뿐이다.

　그렇다 보니 이단공에 들었다 하여도 본인이 느끼지 못하는 경우가 대부분이다.

　신도장천도 사부가 알려주지 않았다면 몰랐을 정도로.

　'네 녀석은 바람처럼 살 운명인 모양이다.'

　신도장천이 운공에 매진하는 서윤의 고른 숨소리를 들으며 속으로 중얼거렸다.

＊　　　＊　　　＊

　서윤의 풍령신공이 이단공에 들었다 하여 달라진 것은 없었다. 서윤 본인도 바람의 크기가 조금 더 커진 것 외에는 달라진 것을 전혀 느끼지 못하고 있었다.

게다가 신도장천이 그에게 이단공에 들었다는 사실도 알려주지 않았으니 서윤이 그 사실을 알아차리지 못하는 것은 당연했다.

서윤이 이단공에 접어들고 삼 일째 되는 날.

신도장천이 서윤과 나란히 평상에 앉아 이야기를 나누고 있다.

"운기할 때 호흡을 보니 제법 자리를 잡았더구나."

"네, 이제는 많이 편해졌습니다."

운기할 때의 호흡법은 평상시의 호흡법과 많은 부분이 달랐다. 정순한 기운을 받아들이고 그것을 최대한 안에 머무르게 한 뒤 내뱉는다.

물론 진기의 흐름에 맞춰 숨을 들이마시고 내뱉는 것은 기본이다. 그렇다 보니 평상시 호흡과 달리 들이마시고 내쉬는 호흡이 일정하지 못한 부분도 있었다.

처음 무공을 배우고 심법을 익히게 되면 그 부분이 가장 어렵다. 금방 숨이 차고 못 견딜 것 같은 순간이 찾아오기 때문이다.

하지만 그 고비를 넘기고 호흡에 익숙해지면 그 어떤 호흡보다 편안하게 느껴지고 일상에서도 그 호흡법대로 숨을 쉬게 된다.

물론 서윤의 경우에는 익힌 지 얼마 되지 않았기 때문에 일상에서도 그 호흡법을 따르는 데에는 무리가 있었다.

"돌아앉아 보거라."

신도장천의 말에 서윤은 그 앞에 등을 보이고 앉았다. 그러자 신도장천이 서윤의 명문혈(命門穴)에 장심을 가져다 대었다.

[지금부터 기운이 흐르는 길을 잘 기억해 두어라.]

신도장천의 전음에 서윤은 그가 이끄는 진기의 흐름을 기억하기 위해 집중했다.

명문혈을 통해 흘러든 한 줄기 바람이 서윤의 하단전에 웅크리고 있는 바람을 깨웠다.

그러자 서윤의 바람이 신도장천의 바람을 좇기 시작했다.

마치 술래잡기를 하는 듯 신도장천의 바람이 도망가면 서윤의 바람이 뒤를 좇았다.

신도장천이 인도하는 길은 지금까지 운기하던 길과는 전혀 다른 경로였다. 서윤은 더욱 집중하기 시작했다.

새로운 길을 걷는다는 건 결코 쉬운 일이 아니다.

그것은 사람이 걷는 길이든 세상일이든 다 똑같다. 진기의 흐름도 마찬가지.

아직 닦이지 않은 길을 새로 뚫는 것이 쉬운 일 일 리가 없었다.

'큭!'

그 때문일까.

서윤은 찌릿찌릿한 통증에 약한 신음을 흘렸다.

[참아라. 네 수준이 아직 이단공에 머물러 있지만 이 경로를 통한다면 삼단공에 이르는 시일을 단축할 수 있을 터. 이를 악물고 참아야 한다.]

서윤이 힘들어하자 신도장천이 다시 한 번 전음을 보냈다. 그에 서윤은 이를 악물었다.

새로운 길을 알게 되어 신이 난 까닭일까.

서윤의 진기가 더욱 활발하게 움직였다. 워낙 천방지축으로 뛰어다니는 통에 서윤이 느끼는 고통은 점차 커져갔다.

그럼에도 서윤은 처음을 제외하고는 단 한 번도 신음 비슷한 것도 흘리지 않았다.

서윤의 기운을 인도하는 신도장천은 내심 감탄하고 있었다.

운기 중 오는 통증이 결코 가벼운 것이 아닐 텐데 그것을 참아내는 것이 보통 대단해 보이지 않았다.

'허허, 제대로 된 녀석에게 이어지는구나.'

신도장천이 속으로 중얼거리고는 하고 있는 일에 더욱 집중하기 시작했다.

서윤이 신도장천에게 풍령신공을 배우기 시작한 지 반년이 되었다.

가을이 찾아오는가 싶더니 어느새 겨울의 끝자락에 닿아 있다. 시간이 흐른 만큼 서윤에게도 제법 변화가 있었다.

삼단공에 든 것은 물론이고 키도 자랐다.

성장기의 어린 나이인 만큼 공기 좋은 곳에서 무공을 익히며 잘 먹다 보니 하루가 다르게 자라고 있었다.

물론 그것이 가능한 것에는 풍령신공의 영향도 있었다.

삼단공에 이르면서 하단전에 자리 잡은 바람이 수시로 몸 구석구석을 돌아다니며 자극한 덕분이었다.

키가 육 척(尺)에 달하는 신도장천의 가슴팍까지 자랐으니 나이에 비해 제법 큰 키라 할 수 있었다.

"후……."

일어나자마자 가부좌를 틀고 풍령신공을 연공한 서윤이 심호흡을 하며 눈을 떴다. 운기를 끝냈지만 진기는 계속해서 자유롭게 몸속을 돌아다니고 있었다.

처음에는 그 느낌이 이상하기만 했는데 지금은 적응이 되어 제법 기분 좋은 느낌을 주었다.

"삼단공까지는 빨랐는데 사단공에 들어가는 건 시간이 조금 걸리는구나."

신도장천의 목소리에 서윤이 고개를 끄덕였다. 삼단공에 오른 이후부터 속도가 더뎌지고 있었다.

"조급해하지는 말거라. 지금까지만 해도 충분히 빠른 속도이니, 시간은 많다."

"예."

서윤의 성격이 나이에 비해 침착하다는 것을 잘 알고 있는 신도장천이지만 혹시나 하는 마음에 한 얘기였다.

서윤도 그것을 잘 알고 있기에 다시 한 번 마음을 다잡으며 짧게 대답했다.

"그렇다고 속도도 안 나는데 연공만 하고 있으면 지겹겠지. 따라오너라. 몸 좀 움직여야지."

그 말에 서윤이 눈을 번쩍 떴다.

몸을 움직인다는 것, 그것은 권법을 가르쳐 주겠다는 걸 뜻했다.

"예!"

서윤이 힘차게 대답했다.

'역시 사내놈들은 몸을 쓴다고 해야 좋아하는군.'

신도장천이 속으로 중얼거렸다. 그러고는 잠시 자신의 어린 시절을 떠올리며 회상에 잠겼다.

신도장천이 서윤을 데리고 집 뒤쪽으로 돌아갔다.

그곳에는 넓지는 않지만 두 사람이 충분히 수련할 수 있을 정도의 공터가 있었다.

관리가 잘 되어왔다는 것을 증명하듯 바닥에는 풀이 밟으면 푹신함을 느낄 수 있을 정도의 일정한 높이로 자라 있었다.

"풍절비룡권은 총 팔 초식으로 되어 있는 권법이다. 형(形)이 복잡한 건 아니지만 진기의 운용이 제대로 이뤄지지 않으면 제대로 된 위력이 나오지 않을뿐더러 자칫 몸에 무리가 갈 수 있다. 사실 풍령신공이 사단공에 들면 시작하려 했지만 뭐, 상황은 수시로 변할 수 있는 것이니. 형을 익히는 정도라면 삼단공이라 할지라도 충분할 게다."

신도장천의 말에 서윤은 결연한 표정으로 고개를 끄덕였다.

"일단 전반 삼 초식부터 익힐 것이다. 동작을 보여줄 테니 따라 해보거라."

"예."

짧게 대답한 서윤이 몇 걸음 뒤로 물러섰다. 그러고는 한 동작도 놓치지 않겠다는 듯 두 눈을 부릅뜨고 신도장천을 바라보았다.

'집중력 하나는 좋구나.'

그렇게 속으로 중얼거린 신도장천이 자세를 잡았다.

"먼저 제일 초식 강풍파랑(强風波浪)이다."

스윽.

초식명을 말함과 동시에 신도장천이 앞으로 슬쩍 한 발을 내디뎠다. 그와 함께 빠르게 주먹이 앞쪽으로 뻗어갔다.

'뭐지?'

풍령신공을 익히기 시작하면서 서윤의 신체 능력도 많이 좋아졌다. 운동 능력은 물론이고 청력과 시력, 동체 시력 등도 일반인보다 훨씬 좋아졌다.

그런데 가볍게 펼친 초식을 서윤은 제대로 보지 못했다.

서윤의 표정을 본 신도장천이 아차 싶은 표정을 지었다.

신도장천이 진기의 운용 없이 가볍게 펼친 초식이고 제대로 보지 못할 정도로 빨랐지만 서윤은 충분히 그 위력을 짐작했다는 표정이다.

머리로 안 것이 아니었다.

서윤의 하단전에 머물던 바람이 신도장천의 강풍파랑에 반응을 보였기 때문이다.

"보았느냐, 못 보았느냐."

"못 봤습니다."

"제대로 못 봤으면서 표정이 왜 그러느냐?"

"보지는 못했지만 위력은 충분히 느꼈습니다."

서윤의 대답에 신도장천은 속으로 흡족해했다.

풍령신공은 풍절비룡권에만 반응하는 진기이다. 제대로 보지 못하고 진기의 운용 없이 펼친 초식의 위력을 느꼈다는 것은 그만큼 풍령신공을 제대로 수련했다는 뜻이기도 했다.

'생각한 것보다 제법이구나.'

신도장천은 서윤의 자질이 자신이 생각하던 것보다 뛰어나다는 것을 느꼈다.

예상보다 빠르게 풍령신공을 익혀왔고 그 기운이 그만큼 정순했기 때문이다.

"천천히 다시 보여주마. 하지만 방금 전에 보여준 속도도 느린 편에 속한다. 앞으로는 속도에도 익숙해져야 할 게야."

"알겠습니다."

서윤이 진지하게 대답했다. 그러고는 이번에야말로 제대로 보겠다는 듯 다시 한 번 두 눈을 부릅떴다.

신도장천이 다시 강풍파랑의 초식을 펼쳐 보였다.

조금 전보다 확실히 느린 속도.

이번에는 서윤의 눈에 초식의 모든 동작이 제대로 보였다.

'그냥 뻗는 게 아니다?'

자세히 보지 않으면 그냥 앞으로 쭉 뻗는 것처럼 보이는 초식이다.

물론 거기에 풍령신공의 진기가 실리면 단순한 찌르기라 해도 엄청난 위력을 발휘하겠지만 서윤의 눈에 비친 강풍파랑은 단순한 찌르기가 아니었다.

"꿀꺽."

서윤은 자신도 모르게 침을 삼켰다.

그 소리에 신도장천이 서윤에게 다가왔다.

"제대로 본 모양이구나. 어떻게 보였느냐?"

"단순한 내지름이 아니었습니다."

"그럼?"

신도장천이 질문을 던졌다. 서윤 스스로가 답을 찾고 깨닫길 바랐다. 그래야 본격적으로 형을 익힐 때에도 수월할 것이기에.

"처음에는 주먹이 그냥 앞으로 뻗어나가는 것 같았습니다. 하지만 중간에 주먹이 비틀어졌습니다."

"좋구나. 그것이 다였느냐?"

"아닙니다."

"다 말해보거라."

"주먹이 비틀어지면서 팔꿈치가 살짝 꺾였습니다. 일직선이 아니었다는 뜻입니다."

강풍파랑은 그 변화가 크지 않지만 주먹을 비틀고 각도를 꺾어 주변의 공기를 요동치게 만들어 강한 풍압을 일으키는 초식이다.

거기에 풍령신공의 진기가 더해지면 상대의 방어를 무너뜨리면서 주변의 기압을 이용해 더욱 빠르고 강력한 기운을 상대에게 적중시키는 위력적인 초식으로 재탄생한다.

비록 느리게 펼쳤다고는 하지만 제대로 된 위력을 보지 못한 서윤이 단 두 번 만에 어느 정도 알아차린 것이다.

"잘 봤구나."

신도장천의 칭찬에 서윤의 표정이 조금 밝아졌다.

"제대로 된 초식의 위력을 설명하지 않고 형만 보여줬는데 그 정도를 아는 것은 잘한 일이지만 그것이 전부는 아니다."

이어진 신도장천의 말에 서윤의 표정이 다시 진지해졌다.

"처음에 내가 주먹을 뻗을 때 주먹이 어떻게 되어 있었는지 보았느냐?"

"예."

"어떻게 되어 있었지?"

"이렇게……."

서윤이 본 대로 주먹을 쥐고 옆구리 쪽에 붙였다.

"아직 자세를 제대로 가르치지 않았으니 다른 설명은 생략하마. 그럼 마지막에는 내 주먹이 어떻게 멈춰 있었지?"

신도장천의 물음에 서윤이 천천히 주먹을 앞으로 뻗었다.

'오호?'

권왕의 눈이 살짝 빛났다.

서윤이 어설프게나마 자신이 본 대로 주먹을 내지른 것이다. 주먹을 비틀고 팔꿈치를 굽히며.

세세한 부분은 다시 잡아줘야겠지만 한 번 본 것을 곧바로 따라 하는 것은 쉬운 일이 아니다.

"큭."

서윤이 짧은 신음과 함께 인상을 찌푸렸다.

직접 두 눈으로 본 대로 주먹을 내질렀지만 팔이 굉장히 불편한 까닭이다.

게다가 마지막에 멈춰 있는 주먹의 방향도 신도장천과 달랐다.

"기특하구나. 하지만 지금 느낀 것처럼 네가 본 대로만 주먹을 뻗으면 팔이 불편하다. 유연한 것으로 따지면 어린 네가 나이 먹은 나보다 더 유연할 텐데도 말이다. 미숙해서 그런 것은 아니다. 나도 네가 뻗은 것과 똑같이 주먹을 뻗으면 불편하다. 무공을 익힌다고 해서 불편한 것이 불편하지 않게 되는 건 아니다. 팔은 그만 내려도 된다."

신도장천의 말에 서윤이 팔을 내리고 불편한 부분을 주물렀다.

크게 통증이 있거나 한 건 아니었지만 마치 누가 자신의 손목을 잡고 살짝 팔을 비튼 것 같은 느낌이었다.

"네가 뻗은 주먹의 마지막은 이랬다. 맞지?"

신도장천이 주먹을 들어 보여주며 물었다.

"예."

"하지만 내가 뻗은 주먹의 마지막은 이랬다."

신도장천이 다시 주먹을 들었다. 서윤이 뻗은 주먹의 마지막은 손등이 안쪽을 향해 있었지만 권왕의 주먹은 손등이 위를 향해 있다.

'한 번의 비틂이 더 있었던 건가.'

서윤이 속으로 중얼거렸다. 뭔가 깨달은 것 같은 서윤의 표정에 신도장천이 주먹을 내리며 물었다.

"알았느냐?"

"예."

서윤이 고개를 끄덕이며 대답했다.

"좋다, 그럼 다시 한 번 자세를 잡아보거라."

신도장천의 말에 서윤이 다시 주먹을 말아 쥐고 옆구리에 붙였다. 그때부터는 신도장천이 서윤의 자세를 잡아주기 시작했다.

"다리는 살짝 벌리고 주축이 되는 다리가 살짝 앞으로 나와야 한다."

"예."

그렇게 대답하며 서윤은 처음에 신도장천이 주먹을 지를 때 발을 살짝 앞으로 뺀 것을 떠올렸다.

"그다음은 네가 보고 느낀 대로다. 뻗어보아라."

고개를 끄덕인 서윤이 주먹을 앞으로 내질렀다. 신도장천이 자세를 잡아주기 전보다는 조금 더 위력이 있어 보였지만 아직 강풍파랑이라는 초식명에 어울리는 일권은 아니었다.

"뻗는 쪽의 어깨는 더 뒤에 있어야 한다. 어깨가 먼저 움직이면 위력이 반감되는 법. 최대한 앞으로 끌고 나와라."

"예!"

서윤이 다시 주먹을 내질렀다. 조금 나아지긴 했지만 아직은 아니었다.

"다시. 처음부터 몸에 힘이 너무 들어간다. 부드럽게 하지만 뻗는 마지막엔 모든 힘을 쏟아라. 그 마지막을 타점(打點)이라 한다."

"알겠습니다."

서윤이 일권을 내지를 때마다 신도장천의 가르침이 이어졌다. 열 번의 내지름이 이어졌을 때는 서윤의 이마에 굵은 땀방울이 맺혀 있다.

서윤은 신도장천의 가르침을 굉장히 빠르게 흡수하고 있었다. 하지만 이는 가르치는 이의 능력이 뛰어난 탓도 있었다.

무공의 고하와 가르침은 비례하지 않는다.

고수라 하여 제자를 잘 가르치는 것도 아니고 하수라 하여 제자에게 제대로 된 가르침을 내리지 못하는 것도 아니다.

그런 면에서 필요할 때 필요한 부분을 딱딱 짚어주는 신도장천의 능력은 서윤에게 있어서도 복이라 할 수 있었다.

날카로운 눈빛으로 서윤의 초식을 보는 신도장천은 중간중간 잘못된 부분을 지적하고 알려주었다.

강풍파랑을 수련하면서 순식간에 반 시진의 시간이 흘렀다. 권법 수련의 첫날인 만큼 무리하지 않는 편이 좋겠다고 생각한 신도장천은 첫날의 수련을 마무리 지었다.

"강풍파랑을 펼치는 동안 풍령신공의 반응이 있었느냐?"

"없었습니다."

서윤은 권왕이 강풍파랑을 펼쳤을 때에는 보기만 했음에도 반응이 있었건만 자신이 주먹을 지르는 동안 한 번도 풍령신공이 반응하지 않은 것에 아쉬워하고 있었다.

"아쉬워할 것 없다. 당연한 것이다. 계속해서 강풍파랑의 수련에 매진해라. 바람이 응할 때가 초식을 제대로 익힌 것이니라."

그렇게 말한 신도장천이 먼저 발걸음을 옮겼다. 서윤이 그 뒤를 다르며 '예!'하고 힘차게 대답했다.

풍절비룡권의 첫걸음은 그렇게 시작되었다.

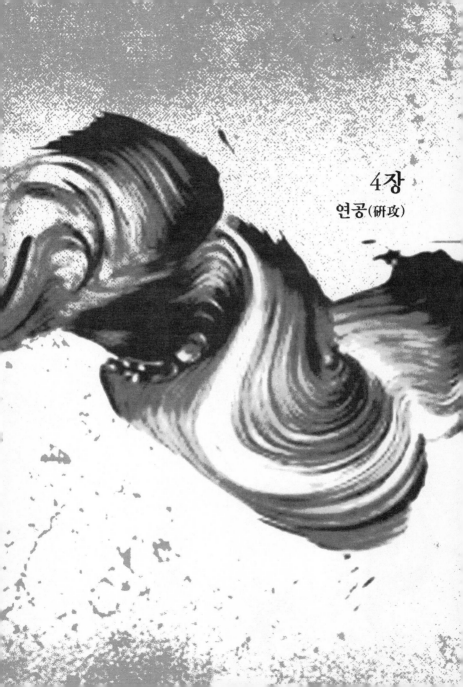

4장
연공(硏攻)

風神徐間

풍신서윤

더디게 흘러갈 것만 같던 시간은 빠르게 흘렀다.

풍절비룡권을 익히기 시작한 지 반년의 시간이 더 흘렀고, 서윤은 풍절비룡권 이 초식인 강풍파운(強風破雲)을 수련하고 있었다.

강풍파랑의 수련을 시작하고 꼬박 넉 달 만에 풍령신공이 반응을 보였다.

신도장천의 말대로라면 그것은 강풍파랑을 제대로 익혔다는 뜻. 서윤은 무언가 해냈다는 성취감에 크게 기뻐했다.

풍령신공을 처음 익히고 하단전에 바람이 찾아들었을 때에도 물론 기뻤지만 이 정도는 아니었다.

마치 풍령신공에게 인정받은 것 같은 기분에 그 뿌듯함과 성취감은 대단히 컸다.

하지만 그것도 오래가지 않았다.

이 초식인 강풍파운의 수련에 들어가자 언제 그랬냐는 듯 풍령신공이 잠잠해진 까닭이다.

그러나 서윤은 조급해하지 않았다.

말 그대로 '형을 제대로 익혔을 때의 느낌'을 알기 때문이다. 집중하여 꾸준히 수련하면 풍령신공이 다시 반응을 보일 것이기에.

하지만 두 달이 지난 지금 서윤에게는 오기가 생기고 있었다.

신도장천으로부터 제대로 된 형을 배우고 지겹도록 반복 수련한 것이 두 달이다. 하지만 풍령신공은 반응을 보일 생각이 없는 듯했다.

신도장천도 조금 이상하다는 반응이다.

그가 보기에 서윤이 펼치는 강풍파운은 그 형이 완벽에 가까웠다. 좀 더 완벽하게 해야 할 부분이 없는 것은 아니지만 그것은 지금 단계에서 다듬을 부분이 아니었다.

고심하던 신도장천이 내린 진단은 이랬다.

"아무래도 바람의 변덕이 더 심해진 모양이구나. 삼단공에서 사단공으로 넘어갈 때와 칠단공에서 팔단공으로 넘어갈 때, 이렇게 두 번 변덕이 심해지지. 사람으로 치면 사춘기라는 뜻이다."

그 말을 듣고 서윤은 어이가 없었다. 사춘기라니.

아직 사춘기라는 것을 겪어보지 못한 서윤은 이런 것이 사춘기라면 겪고 싶지 않다는 생각이 들 정도였다.

그렇다 한들 어찌하겠는가.

서윤이 할 수 있는 것이라고는 계속해서 수련하는 것밖에 없었다.

그렇게 하염없이 시간은 더욱 흘러갔다.

한 달의 시간이 지났다.

조용한 공터에는 거친 숨소리만 들렸다. 서윤이 강풍파운을 수련하며 내는 소리였다.

숨이 굉장히 거칠어질 만큼 반복 수련을 하는 서윤이다.

"좀 쉬어라. 과유불급이라 했다."

"조금만 더 하겠습니다."

잠시 동작을 멈추고 호흡을 고른 서윤이 다시 주먹을 뻗었다.

쉭! 쉭!

아직 진기의 운용을 배우지 않아 바람을 가르는 소리만 날 뿐이지만 충분히 그 위력을 짐작할 수 있었다.

'한 번만 더.'

그렇게 속으로 중얼거린 서윤이 다시 한 번 주먹을 내질렀다.

그때였다.

서윤의 하단전에 있던 바람이 움직였다.

'됐다! 됐어!'

풍령신공이 반응을 보였다. 강풍파운을 제대로 익혔다는 뜻. 하지만 강풍파랑 때와는 조금 달랐다.

'뭐지?'

단순히 반응을 보이는 데 그치는 것이 아니었다. 하단전을 나온 바람이 전신을 돌기 시작했다.

'멈추면 안 된다.'

본능적으로 서윤은 주먹을 멈춰선 안 된다는 것을 느꼈다. 그에 다시 한 번 강풍파운의 초식을 펼쳤다.

그러자 몸을 돌던 바람이 빠른 속도로 서윤이 내지르는 주먹 쪽으로 몰려가기 시작했다.

파앙!

작은 소리.

하지만 그 작은 소리의 의미는 컸다.

내공을 운용하지 않고 주먹을 뻗으면 아무리 근력이 좋고 힘이 실렸다 한들 방금 전과 같은 소리는 나올 수가 없었다.

그런데 방금 전 들린 소리는 허공을 때리는 것 같은 소리였다.

내력이 실린 주먹만이 만들어낼 수 있는 소리였다.

방금 그 소리에 신도장천은 말을 잃었다.

누구보다 그 소리의 의미를 잘 알기 때문이다.

반면 정작 소리를 낸 서윤은 영문을 몰라 어리둥절한 표정으로 자신의 주먹을 내려다보고 있다.

"기억했느냐?"

"예?"

갑자기 들려온 신도장천의 목소리에 서윤이 당황해하며 되물었다.

"방금 전 진기가 움직인 길을 기억했느냔 말이다."

"워낙 순식간에 일어난 일이라……."

기억할 수 있을 리가 없었다. 서윤은 왠지 자신이 잘못한 것 같아 조용히 고개를 숙였다.

"괜찮다. 기억 못하는 게 당연한 게지. 허허, 그간 변덕을 부리더니 미안했던 모양이구나."

알 수 없는 신도장천의 말에 서윤이 슬머시 고개를 들었다.

"방금 그 소리는 초식에 내력의 운용이 더해졌을 때 나는 소리다. 길은 기억 못하겠지만 느낌은 잘 기억해 두어라."

"예."

대답하는 서윤의 목소리에는 아직도 얼떨떨함이 묻어 있다.

'진기의 운용…….'

새로운 세계였다. 본인의 의지대로 운용이 이뤄진 것이 아

닌지라 소리가 나는 데 그쳤지만 제대로 배우고 힘을 실으면
어떤 위력을 보일지 궁금했다.

'좋았어!'

서윤이 들뜬 마음을 조금 가라앉히며 주먹을 불끈 쥐었다.

*　　　*　　　*

서윤이 진기의 운용이라는 걸 알게 된 날로부터 닷새쯤 지
났을 때, 신도장천을 찾은 손님이 있었다.

바로 검왕 설백의 아들인 설군우(薛君宇)와 손녀인 설시연(薛
是姸)이었다.

설백은 검왕의 칭호를 얻었지만 육대세가처럼 일가(一家)를
이루지 않았다. 신도장천을 찾아온 설군우는 무공보다는 상계
에 뜻이 있어 상단을 운영 중이었다.

설군우의 아들도 그를 도와 상단을 운영 중이다.

함께 따라온 설시연만이 무공에 관심이 많아 설백이 행방
불명되기 전까지 약 일 년 반 정도 본격적으로 전수를 받았
다.

설군우와 설시연이 신도장천을 찾아온 이유는 다름 아닌
설백 때문이었다.

가장 최근에 설백의 흔적과 마주한 이가 신도장천이었으니
신도장천을 찾은 것은 당연했다. 시간이 상당히 지난 후 찾아

온 것은 설군우가 상단의 일로 서장에 다녀오느라 소식을 늦게 접했기 때문이었다.

두 사람과 마주한 신도장천의 표정은 무거웠다.

아직도 마교주의 아들이 어떻게 설백의 무공을 펼칠 수 있었는지는 수수께끼였다.

반대로 마교주의 아들이 그 수수께끼를 풀 수 있는 유일한 열쇠이기도 했다.

"오랜만에 뵙습니다, 숙부님."

"그래, 오랜만이구나. 시연이도 많이 컸고."

신도장천의 표정과 목소리가 무거웠다. 세 사람 사이에 무겁게 가라앉은 분위기는 금방 환기되었다.

오십을 조금 넘은 듯 보이는 여인이 차를 내온 것이다.

신도장천의 집에는 집안일을 돌봐주는 부부가 있었다.

나이가 지긋한 노부부였는데, 신도장천이 이 마을에 처음 정착한 직후 마을의 여러 가지 문제를 해결해 준 뒤로 계속해서 집안일을 봐주고 있었다.

그녀가 차를 놓고 나가자 분위기가 다시 무거워졌다.

먼저 입을 연 것은 신도장천이었다.

"설백 그 친구 일 때문이겠지?"

"겸사겸사 찾았습니다. 인사드린 지도 오래되었으니까요."

말은 그렇게 했지만 신도장천은 지금 설군우의 속이 얼마나 타들어 가는지 잘 알고 있다. 곁에 앉은 설시연 역시 표정은 덤덤했지만 치맛자락을 꽉 쥐고 있다.

"맹주에게 어디까지 들었느냐?"

"운남에서 마교주의 아들을 만나셨다고 들었습니다."

"그럼 그자가 네 아비의 무공을 펼쳤다는 것도 들었겠구나."

"그렇습니다."

설군우의 대답에 신도장천이 가만히 고개를 끄덕였다.

"맹주에게 들었다면 내가 해줄 수 있는 이야기는 없다. 더 많은 것을 들려주지 못해 미안하구나."

사실 설군우와 설시연 역시 신도장천에게서 무언가를 더 들을 수 있을 거란 기대를 하고 찾아온 것은 아니었다.

신도장천에게 직접 무언가라도 들어야 할 것 같다는 생각이 들 정도로 답답했기 때문에 찾아온 것이다.

"그 이후로 일 년이 지났는데 무림맹에서는 아직 아무런 실마리도 찾지 못했다더냐?"

"흔적을 찾기가 쉽지 않은 모양입니다."

"하긴, 무언가 작은 것이라도 찾았으면 내게도 기별이 왔겠지."

육 년 이상 설백을 찾을 수 없는 곳에 숨겨둔 그들이다. 그 말은 자취를 감추려고 마음먹으면 절대 찾을 수 없다는 뜻이기도 했다.

세 사람의 가슴이 답답해졌다.

"시연이는 어떠하냐? 무공에 진전은 좀 있느냐?"

"진전이 있다고 말하기 부끄러운 수준이에요."

설시연이 고개를 숙이며 대답했다.

"그렇겠지. 안타깝구나. 가진 바 자질은 뛰어난데 할아비가 그리되어 제대로 봐줄 사람이 없구나."

설시연이 무공을 익히게 된 것은 관심이 많은 것도 있었지만 그만큼 자질이 뛰어났기 때문이었다.

"내게 좀 보여주겠느냐? 인사시킬 아이도 있고."

신도장천의 말에 설군우와 설시연이 어리둥절한 표정을 지으며 그를 바라보았다.

"소개해 줄 아이라니요? 혹시 제자를 들이신 것입니까?"

"제자라기보다는… 그냥 손주 녀석이라 생각하게, 사연이 길어. 그러고 보니 시연이가 올해 몇이지?"

"열두 살이에요."

"윤이와 또래구나. 그 아이는 열한 살이니."

"허허."

설군우가 아는 신도장천은 제자를 들이지 않겠다는 고집이 상당한 사람이었다.

권왕으로서 중원을 호령한 그의 무공이 대가 끊겨서는 안 된다는 생각에 많은 이가 제자를 들이라고 했지만 끝까지 고집을 부린 그였다.

그런데 제자라니, 놀랄 일이었다.

물론 그 안에는 그의 말처럼 깊은 사연이 있을 것이다.

"일어나자꾸나."

신도장천이 먼저 일어나 집 밖으로 나갔다. 그 뒤를 설군우와 설시연이 따랐다.

"후욱! 후욱!"

겨울이 아직 다 지나가지 않아 쌀쌀한 날씨임에도 서윤은 웃통까지 벗어던진 채 수련에 매진하고 있었다.

처음 무공을 배우려고 마음먹은 계기야 어떻든 요즘은 실력이 늘어가는 재미에 푹 빠져 있는 서윤이다.

"합!"

서윤이 힘차게 기합을 지르며 주먹을 뻗었다.

아직 펼칠 수 있는 초식은 강풍파랑과 강풍파운뿐이지만 그것만으로도 몇 시진을 수련할 만큼 집중력이 대단했다.

"이 녀석아, 옷 좀 입어라. 볼 것도 없는 몸뚱이를 뭐 그리 내놓고 있느냐?"

신도장천의 목소리에 서윤이 수련을 멈추고 땀을 닦았다. 볼 것도 없는 몸뚱이라고 했지만 그간 해온 수련 덕분에 서윤의 몸은 군살 하나 없는 몸이 되어 있었다.

"오셨습니까?"

"예전처럼 좀 살갑게 대하면 좋을 것을."

신도장천의 말에 서윤이 씁쓸한 미소를 지었다.

부모님의 일 때문에 철이 들어서일까, 아니면 이제는 신도 장천을 할아버지가 아닌 스승으로 생각하기 때문일까.

서윤은 무공 수련을 하기 시작하면서 신도장천에게 딱딱한 말투를 사용하고 있었다.

신도장천은 무공 수련할 때를 제외하고는 친손자 대하듯하고 있었지만 서윤은 좀처럼 그것이 잘 되지 않았다.

"얼른 옷부터 입어라. 다 큰 녀석이 여인네 앞에서 웃통을 벗고 있으면 되겠느냐?"

그제야 서윤은 신도장천의 뒤쪽에 조금 떨어져 있는 설군우와 설시연을 보았다. 특히 설시연은 몸을 살짝 돌려 서윤에게서 시선을 돌리고 있다.

당황한 서윤은 슬그머니 한쪽에 벗어둔 상의를 집어 들고 한쪽에 있는 나무 뒤쪽으로 황급히 자리를 옮겼다.

"욘석아, 보여줄 거 다 보여주고 이제 와서 부끄러워하는 건 또 무엇이냐?"

"하하하!"

신도장천의 말에 설군우가 웃음을 터뜨렸다.

체격이나 말투는 다 큰 어른인데 하는 행동은 나이처럼 어린 것이 귀여웠기 때문이다.

서윤이 얼른 옷을 입고 나오고 나서야 설시연도 몸을 돌렸다. 하지만 아직도 부끄러운 듯 서윤을 똑바로 보지 못하고 있었다.

"인사하거라. 할아비 친우의 아들이다."

"서윤입니다."

서윤이 설군우와 설시연에게 공손히 인사했다. 그에 설군우가 기분 좋은 미소와 함께 입을 열었다.

"설군우라고 한다. 숙부님의 손자라면 내게 조카나 다름없으니 숙부라고 부르거라."

"예, 숙부님."

"그리고 이 아이는 이 숙부의 딸인 설시연이라고 한다. 나이가 열한 살이라고?"

"예."

"연아는 올해 열두 살이니 누이처럼, 친구처럼 잘 지내기 바란다."

"예."

서윤이 쭈뼛거리며 대답했다.

사실 어릴 때부터 부모님과 함께 산속에서 지낸 탓에 친구는 물론이고 이성과 마주할 기회가 없었다.

게다가 부모님을 잃은 후 신도장천에게 무공을 배우면서 이성에 대한 관심을 가져본 적이 없기 때문에 서윤으로서는 지금 이 상황이 굉장히 낯설었다.

"자, 인사는 대충 끝난 듯하니 한번 보여주겠느냐?"

"네."

신도장천의 말에 정신을 차린 설시연이 작은 목소리로 대답한 후 검을 들고 공터 한가운데로 걸어갔다.

"윤이 너도 잘 보거라. 검법과 권법은 확연히 다르지만 배울 것이 많을 것이다."

"예."

어느새 신도장천의 옆에 선 서윤이 고개를 끄덕이며 대답했다. 그러고는 검을 뽑아 들고 선 설시연을 똑바로 바라보았다.

조금 전까지 쑥스러워하던 모습은 온데간데없었다. 오로지 새로운 무공에 대한 호기심이 가득한 눈빛이다.

곁눈질로 그런 서윤을 한 번 흘깃 바라본 설군우는 속으로 내심 감탄하고 있었다.

'숙부께서 제자, 아니, 손주 하나는 잘 들이셨구나.'

그러는 사이 설백이 남긴 검, 백아(白牙)를 꺼내 든 설시연은 검왕의 독문무공인 여의제룡검(如意帝龍劍)을 펼치고 있었다.

백아가 춤을 추었다.

때론 하늘을 유영하는 용처럼, 때로는 여의주를 낚아채는 듯 날카롭게.

물론 배운 지 삼 년이 되었을 때 설백이 실종되어 제대로 된 가르침을 받지 못했기 때문에 해후가 깊지는 않았다.

하지만 그럼에도 여의제룡검을 이 정도까지 펼쳐 낼 수 있는 건 그만큼 그녀의 자질이 뛰어나다는 뜻이다.

서윤은 그녀의 움직임을 유심히 바라보았다.

자신이 펼치는 풍절비룡권과―물론 이 초식밖에 배우지 못했지만―여의제룡검을 직접 비교하기에는 무리가 있었다.

하지만 그녀가 펼치는 검법은 딱 봐도 위력이 있어 보였다.

초식을 펼치는 데 있어서 진기의 운용이 적절히 이뤄지고 있었기 때문인데, 이제 막 운용에 눈을 뜨기 시작한 서윤에게는 많은 공부가 되었다.

그러나 차이점은 그것뿐만이 아니었다.

그 차이가 무엇인지 고민하던 서윤의 눈에 무언가가 들어왔다.

'다리!'

서윤은 설시연이 검초를 펼쳐 낼 때마다 적절하게 다리가 움직이고 있다는 걸 깨달았다.

그것을 깨달은 순간부터 서윤은 설시연의 검이 아닌 발놀림에 집중했다.

비록 치마에 가려 자세히 볼 수는 없었지만 서윤에게는 신세계나 다름없었다.

'본 모양이구나.'

신도장천도 어느 순간 서윤이 검초가 아닌 보법을 보고 있다는 걸 알았다.

그 역시도 서윤이 검법보다는 보법의 중요성을 조금이나마 느끼길 바라는 마음에서 지금 이 자리를 만든 것이다.

그러는 사이 설시연이 검을 멈추었다.

"제법이구나. 아까는 겸양이었어."

신도장천이 미소를 지으며 말했다. 듣기 좋으라고 하는 말이 아닌, 실제로 예전에 보았을 때보다 실력이 많이 늘어 있었다.

그간 설시연이 얼마나 노력했는지 잘 알 수 있는 대목이다.

"아니에요."

검을 뿌릴 때에는 진지하고 과감한 모습을 보이더니 지금은 다시 그전의 조신한 모습으로 돌아와 있는 그녀이다.

"아니야. 지금 네 나이에 이 정도 실력이면 어지간한 후기지수들을 갖다 붙여도 어깨를 나란히 할 수 있을 게야."

신도장천의 말은 진심이었다.

누가 그녀의 검초를 보고 열두 살 여아가 펼치는 것이라 생각하겠는가.

'설백 그 친구가 있었다면 더 뛰어났겠지.'

신도장천은 속으로 굉장히 아쉬워했다.

"윤이의 실력도 한번 보고 싶습니다."

설군우의 말에 서윤은 깜짝 놀랐고, 신도장천은 고개를 저었다.

"윤이는 무공을 배우기 시작한 지 이제 고작 일 년이야. 누구에게 보여주고 할 정도가 못 돼. 지금 실력이면… 연아가 윤이를 제압하는 데 딱 일 초면 충분할 게야."

신도장천의 냉정한 말에 서윤은 작게 한숨을 쉬었고, 설군우는 멋쩍은 미소를 지었다.

"뭐 일 년 정도 더 지나면 모르겠지만."

신도장천이 슬쩍 한마디를 흘렸다. 그에 서윤은 숙이고 있던 고개를 슬며시 들었고, 설시연은 눈을 반짝였다.

서윤이 무공을 익히기 시작한 지 이제 일 년이라고 했다. 그리고 중간에 설백이 실종되기는 했지만 그래도 설시연은 일 년 반 동안 설백에게 제대로 가르침을 받았다.

무공 수련 기간만 약 오 년이라는 차이.

그것은 결코 쉽게 메우기 어려운 차이다.

그럼에도 신도장천은 일 년 후면 그 차이를 메울 수 있을 거라 말하고 있다.

'이 아이가 그 정도란 말인가?'

설군우는 서윤을 새삼스러운 눈빛으로 바라보았다. 그리고 그때, 신도장천의 말이 이어졌다.

"일 년 후면… 삼 초는 견디겠지."

서윤은 다시 좌절했고, 설군우와 설시연은 실소를 흘렸다.

그렇게 서윤과 설시연의 첫 만남이 흘러갔다.

                    *   *   *

강풍파운을 완벽하게 익힌 여파는 거기서 그치지 않았다.

바람의 변덕이 꺾인 덕분인지 서윤은 풍령신공의 사단공에 접어든 상태였다.

그것은 이제 초식의 형뿐만 아니라 진기의 운용도 배울 수 있는 준비가 되었다는 뜻이다.

신도장천은 서윤이 사단공에 접어든 것을 확인한 후 삼 초식인 관풍뇌동(關風雷動)의 전수를 잠시 미뤘다.

형을 익혔다면 응당 진기의 운용도 함께 알아야 하는 법.

일단 강풍파랑과 강풍파운의 진기 운용법을 배우는 것이 우선이었다.

풍절비룡권을 가르칠 때에는 서윤이 직접 보고 느끼도록 했지만 이번에는 달랐다.

직접 손으로 진기가 흐르는 주요 혈을 잡아주며 경로를 외우도록 했다. 권법을 펼칠 때의 운용이니 그냥 진기를 이끌어 주는 것은 소용이 없는 일이고 그렇다고 직접 그것을 보여줄 수도 없는 노릇이다.

그러니 세세하게 하나하나 알려주고 외우도록 하는 수밖에.

처음에는 권법을 펼치랴 진기의 운용을 신경 쓰랴 정신없 겠지만 익숙해지면 생각하지 않아도 움직이는 것이 진기였다.

서윤도 신도장천의 가르침에 최대한 집중했다.

신도장천이 잡아주는 혈을 잇는 경로를 머릿속으로 그렸다. 외우는 것이 쉽지는 않았지만 정확하게 알 때까지 몇 번이고 신도장천에게 되물었다.

그런 서윤에게 신도장천도 귀찮은 기색 없이 몇 번이고 다시 알려주었다.

권법의 형은 잘못되면 고치면 그만이지만 진기의 운용은 잘못되면 자칫 주화입마에 빠질 수 있을 정도로 위험한 것이기 때문이다.

서윤도 자신을 가르치는 신도장천의 방법이 바뀐 것을 느끼고 더욱 신중하게 귀를 기울였다.

진기 운용에 대한 것을 배운 서윤은 강풍파랑과 강풍파운을 펼치며 조심스럽게 진기를 움직여 보였다.

'뭐야?'

하지만 굉장히 조심스러운 것과 달리 진기는 움직이지 않았다. 뻗은 주먹을 내리는 서윤은 허탈하기까지 했다.

"허허."

너털웃음을 지은 서윤이 뒷머리를 긁적였다.

"진기의 운용은 머리로 안다고 해서 쉽게 되는 게 아니다. 될 때까지 하거라."

옆에서 들려온 신도장천의 목소리에 고개를 끄덕인 서윤은 다시 주먹을 말아 쥐었다.

시간은 많다.

반복 숙달, 서윤이 할 수 있는 최선의 선택은 그것뿐이었다.

서윤이 강풍파랑과 강풍파운의 초식에 진기 운용을 더할

수 있게 된 것은 두 달 후였다.

이 초식인 강풍파운의 초식까지 진기 운용이 가능해지자 권왕은 비로소 삼 초식인 관풍뇌동을 가르치기 시작했다.

이번에는 초식의 형과 진기의 운용을 함께 가르치기 시작했다.

시간이 많다고는 하지만 초식의 형과 진기 운용을 따로 가르치는 것은 시간 낭비라는 것이 권왕의 생각이다.

권왕의 그런 의지를 느꼈기 때문일까.

무공을 대하는 서윤의 자세도 많이 달라져 있었다.

힘이 있어야 핍박당하지 않을 것이라는 막연한 생각과 무엇이라도 해야 고통에서 해방될 것 같다는 간절함 때문에 배우고 싶었다.

하지만 지금은 무공을 익히는 재미가 있었고 그만큼 더 잘하고 싶은 마음도 컸다.

게다가 자신을 가르치는 신도장천의 태도와 자신이 익히고 있는 무공의 무게감을 느낄 수 있게 되면서 더욱 진지하게 대하고 있었다.

무학을 갈고닦는 데 있어 타고난 자질만큼이나 중요한 것은 바로 그것을 대하는 태도였다.

서윤의 태도가 바뀌면서 모든 것이 바뀌었다.

*　　　*　　　*

서윤이 신도장천으로부터 무공을 배우기 시작한 지 삼 년의 시간이 흘렀다.

삼 년.

무공을 익히는 데 들인 시간치고는 짧은 시간이지만 그동안 서윤이 이룬 것은 제법 많았다.

풍령신공은 오단공에 들었으며 풍절비룡권은 강풍파랑과 강풍파운, 관풍뇌동까지 모두 익힌 상태였다.

하지만 사 초식인 격풍류운(擊風流雲)부터는 가르치지 않았다. 처음에는 답답했지만 모두 이유가 있었다.

풍절비룡권의 전반 삼 초식은 전체 권법의 기본이 되는 초식이다. 그리고 중반 삼 초식은 그 기본을 바탕으로 좀 더 발전적이고 강한 위력을 뽐내는 권법이다.

그만큼 형은 물론이고 진기의 운용 또한 복잡했다.

신체적으로 많은 성장을 하고 풍령신공의 진기가 계속해서 서윤의 신체를 단단하게 만들어주고 있지만 아직 몸이 어린 건 어쩔 수 없었다.

지금까지 빠르게 달려왔기에 한 번쯤은 제동을 걸 필요가 있다는 것이 신도장천의 생각이었다.

하지만 그렇다고 매번 똑같은 것만 할 수는 없는 노릇.

신도장천은 서윤에게 전반 삼 초식의 연환을 가르쳤고, 서윤은 그것을 마른 습자지처럼 흡수했다.

처음에는 새로운 초식을 배우는 것이 아니라 기존의 것을 다시 숙달하는 수련이라 조금 지겹다는 생각도 하던 서윤이다.

하지만 무궁무진한 연환의 세상에 발을 들인 이후부터는 그런 생각이 싹 사라졌다.

비록 삼 초식뿐이지만 새로운 조합을 배우고 익히는 것이 즐거웠고, 더욱 빠져들었다.

그렇게 시간을 보내고 삼 년째 되던 어느 날, 신도장천이 말했다.

"오늘부터는 쾌풍보(快風步)를 가르쳐 주겠다."

풍절비룡권과 함께 그를 권왕의 자리까지 올려놓은 보법.

쾌풍보의 전수가 시작되었다.

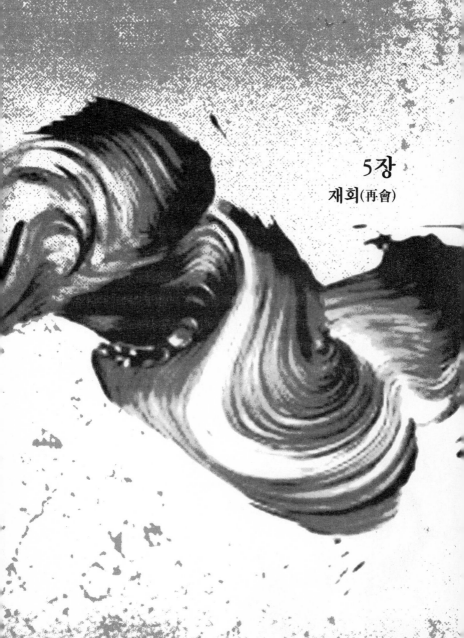

5장
재회(再會)

風神 徐潤

풍신서윤

쾌풍보 수련은 만만치 않았다.

일 년.

서윤이 쾌풍보의 족보를 완전히 숙지하는 데 꼬박 일 년의 시간이 걸렸다. 이는 쾌풍보가 그만큼 어려운 보법이었기 때문이다.

신도장천과 함께 공터로 향하는 서윤은 잔뜩 긴장한 표정이다. 며칠 째 계속해서 신도장천으로부터 꾸지람만 듣고 있었기 때문이다.

지금껏 무공 수련을 해오면서 듣지 않던 꾸지람을 쾌풍보를 수련하면서 다 듣고 있는 듯했다.

"다시 한 번 말하지만 쾌풍보의 속도에만 집중해서는 반쪽짜리 보법일 뿐이다. 그 안에 숨겨진 묘리를 깨달아야 한다."

"알겠습니다."

처음 쾌풍보를 익히기 시작할 때 신도장천이 한 말을 일 년이 지난 지금까지 듣고 있었다.

그만큼 쾌풍보는 어려운 보법이었다.

"펼쳐 보아라."

"후우……."

밀려드는 긴장감에 서윤이 크게 심호흡을 했다.

그러고는 잠시 멈춰 있다가 앞으로 발을 내디뎠다.

발바닥 전체를 대지 않고 앞부분만 디딘 상태. 짧은 시간에 빠른 속도를 낼 수 있도록 추진력을 얻기 위한 방법이다.

스슥! 스슥! 스스슥!

서윤의 발이 바닥을 쓸었다. 적은 양의 진기를 사용하고 있지만 그 속도가 상당했다.

마음먹고 속도를 낸다면 어지간한 사람에게 보이는 것은 잔상밖에 없을 것 같은 빠르기다.

하지만 그 모습을 보는 신도장천은 팔짱을 낀 채 못마땅하다는 듯한 표정을 짓고 있었다.

"마음에 안 들어."

"저 정도면 훌륭한 것 아닙니까?"

오랜만에 신도장천을 찾아왔다가 서윤이 쾌풍보 수련을 한다는 이야기에 냉큼 따라온 설군우가 물었다.

"쾌풍보는 보법 하나만으로도 충분히 위력적인 공격과 효과적인 방어가 가능한 보법이다. 그런데 아직도 그것을 깨닫지 못하고 있어."

신도장천의 말에 설군우가 웃으며 대답했다.

"그럼 알려주면 되지 않습니까? 총명한 아이이니 약간의 귀띔만 줘도 알아들을 텐데요."

서윤과 처음 만난 후로 몇 차례 신도장천을 찾았던 설군우는 서윤이 제법 총명하고 근성이 있다는 걸 잘 알고 있었다.

설군우의 말에 신도장천은 아무런 대답도 하지 않았다.

하지만 표정에는 절대 그럴 수 없다는 의지가 고스란히 드러나 있다.

그 모습에 작게 한숨을 쉬는 설군우였지만 그의 마음을 조금이나마 이해할 것 같기도 했다.

서윤이 이렇게 빠른 시간 안에 성장할 수 있던 것은 그만큼 권왕의 방법이 효과적이었기 때문에 가능했다.

방금 전의 말을 서윤에게 해주지 않는 것도 다 그만한 이유가 있어서일 것이라는 게 설군우의 생각이다.

그러는 사이 서윤이 동작을 멈췄다.

힘들었는지 숨을 거칠게 내쉬며 땀을 닦아내고 있다.

"쯧쯧쯧, 고작 그 정도 가지고 이렇게 헐떡이다니."

신도장천이 혀를 차며 서윤에게 다가갔다. 그러고는 잠시 서윤이 숨을 고르기를 기다렸다가 물었다.

"아직도 느낀 게 없는 모양이구나."

"아직… 잘 모르겠습니다."

서윤의 목소리에는 힘이 없었다. 깨닫지 못하는 자신에 대한 안타까움과 기대에 부응하지 못했다는 사실에서 오는 죄책함 때문이다.

"앉아봐라."

신도장천이 서윤을 데리고 한쪽에 가서 앉았다. 그러자 설군우도 두 사람의 곁에 앉았다.

"보법은 왜 익힌다고 생각하느냐?"

신도장천의 물음에 서윤은 순간 말문이 막혔다. 한 번도 그런 생각을 해본 적이 없기 때문이다.

"좋다, 그럼 서로 싸운다고 했을 때 주먹이 유리하겠느냐, 검이 유리하겠느냐?"

"……."

이번에도 서윤은 대답하지 못했다. 상식적으로 주먹과 검이 싸우면 검이 유리하다. 하지만 신도장천 앞에서 그렇게 말하는 것도 아닌 것 같았기 때문이다.

"뭘 고민하느냐? 당연히 검이지."

신도장천의 핀잔에 서윤이 머쓱한 표정을 지었다. 자신의 속내를 들킨 것 같았기 때문이다.

"검을 흔히 만병지왕(萬兵之王)이라 한다. 도나 창 등으로 일가를 이룬 사람들이 있긴 하지만 그들조차도 병장기 중 검이 으뜸이라는 데에 이견은 없을 것이다."

서윤이 고개를 끄덕였다. 들어본 적이 있는 말이다.

"당연한 말이지만 검과 권이 붙으면 불리한 쪽은 권이다. 거리가 짧으니까. 권으로 검을 이기려면 품을 파고들어야 하고, 그러기 위해서는 뛰어난 보법이 필수이다."

그제야 이해가 간 듯 서윤이 고개를 끄덕였다.

그러면서 과거 설시연이 검법을 펼쳐 보일 때 본 발놀림을 떠올렸다.

"쾌풍보는 이름에서부터 알 수 있듯이 기본적으로 빠른 보법이다. 검이 지배하는 공간을 뚫고 들어가 상대의 몸에 주먹을 꽂기 위해서는 속도가 관건이지. 하지만 쾌풍보의 위력을 그것으로만 생각하면 오산이다."

신도장천의 말에 서윤이 귀를 쫑긋 세우며 집중했다.

"싸움에서는 공방이 뒤섞인다. 내가 계속해서 공세만 취할 수도 없고 계속해서 수세에 몰리지도 않는다. 자, 그렇다면 네가 익히는 권법은 무엇을 위한 것이냐?"

"공격을 위한 것입니다."

"그렇다면 방어는 무엇으로 할 게냐? 그냥 몸으로 때울 테냐? 무림인이든 일반인이든 칼 한번 잘못 맞으면 죽는다. 사람은 다 똑같아. 다시 돌아와서, 그럼 방어는 무엇으로 해야겠느냐?"

"주먹으로 합니다."

"물론 주먹으로도 할 수 있다. 상대의 공격을 나의 공격으로 상쇄할 수도 있지. 하지만 그것만으로는 한계가 있다."

신도장천의 말에 서윤이 잠시 생각하더니 다시 대답했다.

"다리입니다."

"그래, 다리다. 공격을 할 때에도 방어를 할 때에도 가장 중요한 것은 다리다. 다리가 받쳐주지 않으면 공격도 방어도 아무것도 못하는 거지."

신도장천의 말에 서윤은 어느 정도 이해가 간다는 듯 고개를 끄덕였다.

"자, 나머지는 네가 풀어보거라. 공격과 방어에서 가장 중요한 것은 다리라고 했으니 쾌풍보를 어떻게 사용해야 할지 고민해 봐."

그렇게 말하며 신도장천이 자리에서 일어났고, 설군우 역시 자리를 비켜주었다.

서윤은 바닥을 바라보며 골똘히 생각에 잠겼다.

"귀띔해 주실 거 아까는 왜 그러셨습니까?"

"험험!"

권왕이 민망한 듯 헛기침을 하자 설군우가 재미있다는 듯 소리 없이 웃었다.

그 와중에 서윤은 주저앉은 채로 머릿속에 온통 보법 생각만 하고 있었다.

닷새가 지났다.

서윤은 아직까지 그 실마리를 풀지 못하고 있었다. 신도장천은 그런 서윤을 보며 안타까운 마음이 들었지만 겉으로 내색하지는 않았다.

갓 열네 살밖에 안 된데다가 무공을 익히기 시작한 지 이제 사 년 밖에 안 된 서윤이 쾌풍보와 같은 상승의 보법을 쉽게 이해하기에는 어려움이 있었다.

하지만 서윤은 더욱 집중했다.

어떻게 해서든 알아내고야 말겠다는 오기도 생겼다.

그리고 무엇보다도 진정한 쾌풍보를 자신의 다리로 펼쳐 보이고 싶은 마음도 생겼다.

한두 살 나이도 더 먹었고 몸도 자라는 만큼 서윤의 마음과 정신도 무럭무럭 자라나고 있었다.

'보법, 보법, 보법.'

서윤은 매일같이 보법을 붙들고 씨름 중이었다.

아침에 눈을 떠 운기를 하고 나면 보법에 대해 생각하고 고민하는 것이 일상이었다.

신도장천은 그런 서윤을 방해하지 않았다.

그러다 보니 서윤은 홀로 궁리하고, 신도장천은 그간 소홀히 한 개인적인 일들을 하며 시간을 보냈다.

혼자 궁리하고 보법을 펼쳐보기도 하며 시간을 보내던 어느 날, 서윤은 신도장천과 함께 공터로 향했다.

공터에 도착한 서윤이 신도장천에게 물었다.

"제가 제대로 생각하고 있는 게 맞는지 모르겠습니다."

"얘기해 보거라."

신도장천이 기다리고 있었다는 듯 말했다.

"무공에는 여러 종류가 있습니다. 풍령신공처럼 내기를 다스리는 무공이 있고 권법처럼 육신을 사용하는 무공이 있죠. 권법이나 검법처럼 뭔가 주가 되는 무공을 보필하는 것으로 존재하는 것이 보법이라고 생각했습니다."

"계속하거라."

"그런데 보법이 얼마나 중요한 것인지 알려주신 뒤로 계속 생각했습니다. 보법이 따로 무공으로 존재하는 이유가 있을 거라고."

"흥미롭구나."

"그때 생각한 것이 보법은 단순히 주가 되는 무공을 보조하는 것이 아니라 그 하나만으로도 위력적인 무공으로 봐야 하지 않을까 하는 것입니다."

서윤의 말에 신도장천이 눈을 빛냈다. 그러고는 계속해 보라는 듯 고개를 끄덕였다.

"보법이 독립적인 하나의 무공으로 존재하는 것이라면 그 하나만으로도 공격과 방어가 모두 가능하지 않을까 하는 생각을 했습니다. 여기까지는 생각을 했는데… 아무리 궁리해 봐도 쾌풍보와 연결시켜 제가 보지 못한 것을 끌어내는 게 어렵습니다."

"하하하!"

서윤의 말이 끝나자 신도장천이 시원한 웃음을 터뜨렸다. 이어 기뻐하는 표정으로 입을 열었다.

"네 나이가 아직은 어린 열네 살이고 무공을 익힌 지 이제 고작 사 년이다. 그 이상을 혼자 찾아내라고 하는 건 욕심이 지나친 것이겠지. 그 정도까지 생각한 것만으로도 충분히 칭찬할 만하다."

그렇게 말한 신도장천이 자리를 털고 일어났다.

"네 말대로 보법은 주된 무공을 보조하는 개념으로 많이 쓰인다. 물론 구파나 오대세가 정도 되는 곳이라면 뛰어난 보법 한두 개 가지고 있는 건 당연한 일이겠지만 그곳에서도 보법은 보의 개념일 뿐이다."

그렇게 말하며 신도장천이 발을 움직였다. 쾌풍보였다.

빠르게 움직이는 신도장천, 그리고 그것을 바라보는 서윤. 잔상도 제대로 보기 어려웠지만 서윤은 눈을 떼지 않았다.

쾌풍보를 밟으면서도 권왕의 말은 계속되었다.

"하지만 쾌풍보는 다르다. 네 말처럼 쾌풍보만으로도 공격과 수비가 모두 가능하다는 뜻이다. 지금은 찾아보기 어렵지만 보법과 경공법만으로도 능히 일가를 이룬 사람들이 과거에는 있었다. 잘 보거라."

신도장천의 움직임이 달라졌다.

아니, 달라졌다고 느꼈다.

제대로 볼 수는 없었지만 서윤은 신도장천이 밟는 쾌풍보에서 풍절비룡권에 버금가는 위력을 느낄 수 있었다.

'아!'

서윤은 점차 깨닫는 것이 있었다.

신도장천이 밟는 쾌풍보는 기본적으로 자신이 밟는 것과 형식적인 부분에서 다른 것이 없었다.

다만 아주 작은 부분이 달랐다.

빠른 것은 같으나 빠르게 밟을 때와 속도를 줄일 때가 있었으며 내뿜는 기운을 강하게 할 때와 약하게 할 때가 있었다.

일관적인 속도와 기운을 다루던 자신의 보법과 신도장천의 보법은 같지만 달랐다.

"무공을 익히면 내기를 밖으로 뿜어내는 것만으로도 상대를 제압할 수 있다. 거기에 한 번의 내딛음이 더해지면 더 큰 위력을 발휘한다. 반대로 상대의 공격을 막고 피하는 것 역시 보법만으로 가능하다."

보고 느끼는 것에 신도장천의 설명이 더해져 서윤의 머릿속에서는 쾌풍보에 대한 개념이 점차 정립되고 있었다.

휘이잉!

한 줄기 바람이 스쳐 지나갔다.

신도장천이 발걸음을 멈추었고, 바람은 이내 사라졌다.

"이것이 쾌풍보다."

신도장천의 한마디에 서윤은 전율을 느꼈다. 이런 무공을 지금까지 너무 가볍게 생각해 온 자신이 한심하게 느껴지기도 했다.

"오늘은 여기까지. 내일 이 시간에 네가 펼치는 쾌풍보를 보마."

"예."

짧게 대답하는 서윤의 목소리에는 힘이 있었다.

보고 느끼고 깨달은 것이 있다 하여 그것이 바로 드러나기는 어렵다.

하지만 왠지 될 것 같았다.

서윤의 입가에 미소가 번졌다.

다음 날 같은 시각.

신도장천은 공터 한쪽에 서서 서윤을 바라보고 있다. 그리고 서윤은 작게 심호흡을 하며 쾌풍보를 펼친 준비를 하고 있다.

전날 신도장천이 보여준 쾌풍보.

그것에 대해 밤새 생각하며 자신의 것으로 만들고자 노력했다.

날이 어두워지기 전까지는 직접 몸을 움직이며 자신의 것
으로 만들고자 했다.

"펼쳐 보아라."

"예."

대답과 동시에 서윤의 다리가 움직였다.

바람이 불기 시작하며 수시로 방향이 바뀌었다.

때론 거세게, 때론 부드럽게.

바람을 맞이하는 신도장천의 입가에 옅은 미소가 번져 있
다.

쾌풍보를 밟고 있는 서윤도 기분이 좋기는 마찬가지였다.

전과 달리 뭔가 제대로 된 것을 하고 있는 것 같은 기분이
다.

순식간에 불어온 바람이 잠잠해지고 서윤의 신형도 멈추었
다.

발걸음을 멈춘 서윤은 잠시 가만히 서 있었다.

마치 여운을 느끼기라도 하듯이.

그런 그에게 천천히 다가간 신도장천이 서윤의 어깨를 다독
였다.

"제법이구나."

울컥!

쾌풍보를 익히기 시작한 후로 신도장천에게 듣는 첫 번째

칭찬이다.

"쾌풍보 수련은 이제 시작이다. 알겠느냐?"

"예."

서윤도 느끼고 있었다. 지금까지 자신이 익힌 쾌풍보는 제대로 된 것이 아니었음을.

그리고 이제부터가 시작임을.

쾌풍보의 새로운 면을 알게 된 서윤은 한결 가벼워진 마음가짐으로 수련에 임했다.

마음이 가벼워졌다고 해서 수련에 임하는 태도가 달라진 건 아니었다. 지금까지와 마찬가지로 진지하게 수련에 임하고 있었다.

다만 지금까지 심적으로 느끼던 압박감 같은 것이 사라졌다는 뜻이다.

이에 신도장천은 서윤에게 쾌풍보와 풍절비룡권을 함께 가르치기 시작했다.

권법도 보법과 함께 어우러져야 그 위력을 더하는 법.

서윤에게 있어서도 나쁘지 않은 결정이었다.

서윤이 주먹을 뻗었다.

상대는 권왕. 서윤의 주먹에 실린 내력이 결코 가벼워 보이지 않았지만 신도장천은 가볍게 그 주먹을 받아내었다.

두 사람이 대련을 시작한 지 이제 석 달.

처음에는 세 합도 제대로 나누지 못하고 서윤이 나가떨어졌지만 이제는 제법 오래 주먹을 교차하는 정도까지 성장해 있는 서윤이다.

"느리다, 느려!"

서윤의 주먹을 받아내며 신도장천이 소리쳤다.

반면 서윤은 입을 꾹 다문 채 신도장천의 움직임을 보며 주먹을 뻗었다.

두 사람의 대련은 서윤이 풍령신공의 칠단공과 중반 삼 초식까지 익힌 시점부터 시작되었다.

풍절비룡권의 후반 이 초식은 풍령신공의 팔단공에 들어선 후에야 익힐 수 있는 초식이기에 그전까지는 할 수 있는 것이 없었다.

지난 구 년 동안 풍절비룡권과 쾌풍보의 수련이 제법 완숙에 이른 서윤이었기에 이제는 실전을 방불케 하는 대련을 통해 경험을 쌓는 것이 필요하다는 생각이었다.

슈욱!

'어쭈?'

신도장천이 서윤의 주먹을 피하며 속으로 놀랐다. 예상치 못한 순간에 예상치 못한 방향에서 격풍류운의 초식이 날아든 까닭이었다.

비록 모든 내력을 다 사용하는 것은 아니었지만 풍령신공

칠단공에 들어서면서 서윤의 내력도 상당한 까닭에 제대로 맞았으면 꽤 오래 고생했을 공격이었다.

반면 서윤은 나름 회심의 일격이라 생각하고 뻗은 주먹이 무위에 그치자 상당히 아쉬워했다.

그렇다고 이대로 물러설 수는 없는 노릇.

서윤은 이를 악물고 다음 초식을 준비했다.

"그만. 시간 다 됐다."

하지만 신도장천은 자세를 풀며 서윤을 말렸다. 시작하기 전에 미리 정해 놓은 시간이 다 되었기 때문이다.

"후……."

신도장천의 말에 서윤이 아쉬움을 가감 없이 드러내며 자세를 풀었다.

"많이 늘었구나. 방금 전에는 깜짝 놀랐다."

"감사합니다."

신도장천의 칭찬에 감사하다 말하고는 있지만 서윤의 표정은 그리 밝지 않았다.

'호승심이 생길 나이지.'

무공을 익혔으니 다른 이와 대련이든 비무든 대결을 펼친다면 이기고 싶은 마음이 드는 것은 당연한 일이다.

물론 신도장천을 이길 수 있을 것이라는 생각은 하지 않았겠지만 스치지도 못했다는 사실에 서윤은 내심 실망하고 있었다.

하지만 신도장천의 생각은 달랐다.

방금 전의 일격도 그랬고 서윤의 실력은 가파르게 상승하고 있었다.

대련을 통해 많은 것을 보여주고자 했고, 서윤은 실제로 그것을 보며 자신의 무공을 가다듬고 있었다.

방심하면 자신이 한 대 맞을지도 모를 수준까지 올라온 서윤. 하지만 명색이 권왕이고 스승인데 봐주다가 한 대 맞으면 그것만큼 창피한 일이 또 있겠는가?

그런 이유 때문에 신도장천도 나름 진지하게 서윤을 상대하고 있었다.

"그런데 마지막에 준비한 초식은 뭐였느냐?"

"건룡초풍(乾龍超風)이었습니다."

덤덤하게 대답한 서윤이 땀을 닦으며 벗어두었던 상의를 집어 들었다.

"꿀꺽."

건룡초풍은 풍절비룡권의 여섯 번째 초식이다.

그 말은 서윤이 알고 있는 초식 중 가장 강한 초식이라는 뜻이다.

'하마터면 망신당할 뻔했구나!'

신도장천이 놀란 가슴을 쓸어내렸다.

*   *   *

시간이 쏜살같이 흘러 어느덧 춘절(春節)이 코앞으로 다가와 있다.

서윤과 신도장천은 모처럼 거처를 떠나 어디론가 향하고 있었다.

중경을 떠나 북으로 올라가 섬서성(陝西省)로 들어왔다. 섬서성에는 구파 중 두 곳인 화산파와 종남파가 있다.

거대문파가 두 곳이나 있는 만큼 그 어느 성보다 안전한 곳이라 할 수 있었다.

두 사람의 최종 목적지는 섬서성의 성도인 서안(西安)이었다.

지금은 북경이 수도지만 직전까지 장안이라는 이름으로 국도(國都)의 역할을 하였을 만큼 크게 번영한 도시다.

그리고 그곳에는 설군우가 운영하는 대륙상단(大陸商團)이 있는 곳이기도 했다. 춘절을 맞아 설군우가 신도장천과 서윤을 상단으로 초대한 것이다.

"나이 열여덟이면 이제 어른이다. 그런 녀석이 어찌 그렇게 어린아이처럼 구는 게냐?"

대륙상단에서 보낸 마차 안에서 연신 창밖을 내다보며 신기해하는 서윤을 보며 신도장천이 한마디 핀잔을 던졌다.

서윤의 나이가 벌써 열여덟.

하지만 서안은 물론이고 태어나 부모님과 살던 산, 그리고 지금 신도장천과 살고 있는 작은 마을 외에 다른 곳에 가본 적이 없는 서윤으로서는 들뜰 수밖에 없었다.

"신기하잖아요."

신도장천과 함께한 시간이 오래되었기 때문일까, 아니면 아픈 상처가 많이 아물었기 때문일까.

서윤이 신도장천에게 하는 말투가 많이 편해져 있었다.

신도장천은 그런 서윤을 보며 미소를 지었다. 이런 모습을 보기까지 얼마나 오랜 시간이 걸렸던가.

물론 아직까지 상처가 다 아물지 않았기에 어떤 때에는 필요 이상으로 무거워지는 서윤이었지만 그래도 장족의 발전이라 할 수 있었다.

"대륙상단에 도착하거든 숙부 앞에서는 그러지 말거라. 창피하니까."

신도장천의 말에 서윤은 미소만 지을 뿐 별다른 대답을 하지 않았다.

지금은 그냥 신나는 기분만 만끽하고 싶은 서윤이었다.

중경에 있는 신도장천의 거처에서 출발해 꽤 오랜 기간이 걸려서야 두 사람은 서안에 도착했다.

오랜 여정으로 지칠 법도 하건만 서윤에게서는 그런 기색을 찾아볼 수 없었다.

여행이 가져다주는 즐거움도 한몫했지만 팔단공을 바라보

고 있는 풍령신공이 가장 큰 도움이 되었다.

신도장천이 말했듯 칠단공에서 팔단공으로 넘어갈 때가 두 번째 고비였다. 그리고 확실히 서윤의 풍령신공 성장은 더뎠다.

하지만 그럼에도 칠단공에 이른 풍령신공은 말 그대로 신공답게 여러 부분에서 큰 효과와 위력을 보이고 있었다.

"이제 거의 다 와 간다. 호들갑 그만 떨고 점잖게."

신도장천의 말에 서윤이 자리에 앉아 옷매무새를 다듬었다. 구경할 땐 구경하더라도 지금은 어른스럽게 행동해야 할 때였다.

잠시 후, 마차가 멈춰 섰다.

마차의 문을 열고 내린 신도장천과 서윤의 앞에 대륙상단의 거대한 정문이 활짝 열려 있다.

그리고 곧 춘절이라는 것을 알리는 화려한 치장도 눈에 띄었다.

"오셨습니까?"

이 시간에 맞춰 도착할 줄 알았다는 듯 설군우가 마중 나와 있다. 그리고 그의 뒤로는 설군우의 부인인 연 씨와 설시연도 서 있다.

"오랜만이구나."

"예. 윤이도 잘 지냈느냐?"

"오랜만에 뵙습니다, 숙부님."

서윤이 어른스럽고 점잖게 인사했다. 그에 설군우가 반갑고 기꺼운 마음에 크게 웃었다.

"오는 데 불편함은 없으셨습니까?"

"불편할 게 뭐 있겠느냐. 이리 좋은 마차를 보내주었는데."

"그래도 장거리 여행은 언제나 고된 법 아니겠습니까? 자, 여기서 이럴 것이 아니라 얼른 들어가시지요."

설군우가 신도장천과 서윤을 상단 안으로 들였다. 발걸음을 옮기던 서윤이 설시연과 눈이 마주쳤다.

칠 년 전에 보고 처음 보는 그녀는 전혀 다른 사람이 되어 있었다. 그때는 여아였다면 지금은 성숙한 여인의 모습이다.

어색한 마음에 그녀에게 살짝 고개를 숙이고 지나친 서윤은 머리를 한 차례 긁적이며 신도장천을 따라 발걸음을 옮겼다.

미시 초가 되어서야 상단에 도착한 탓에 간단하게 점심을 먹은 신도장천은 설군우의 처소로 자리를 옮겼다. 그 덕에 서윤은 홀로 상단의 이곳저곳을 구경하고 있었다.

정확히 말하면 시비 한 명이 뒤따르고 있었지만 서윤은 신경 쓰지 않았다.

워낙 규모가 큰 상단이었기에 넓기도 했고 처음 보는 물건도 많아 지루할 틈 없이 상단 이곳저곳을 돌아다녔다.

이미 상단 내에 서윤이 단주의 손님이라는 것이 알려졌는지 지나치는 사람들마다 서윤에게 공손히 인사를 하곤 했다.

처음 겪는 일에 처음에는 조금 얼떨떨했지만 그마저도 기분 좋게 받아들였다.

그렇게 상단 구경을 하고 있는 서윤에게 누군가가 다가왔다.

슬쩍 옆에 나타난 사람은 다름 아닌 설시연이었다.

깜짝 놀란 서윤은 발을 빼며 그녀를 바라보았다. 아름다운 선을 그리는 그녀의 옆모습이 서윤의 눈에 들어왔다.

"오, 오랜만입니다."

서윤이 말을 더듬으며 인사를 건넸다. 그에 설시연도 살짝 고개를 숙이며 입을 열었다.

"오랜만이네요."

표정에는 큰 변화가 없었지만 목소리는 밝았다. 얼굴만큼이나 예쁜 목소리였다.

"많이 변했네요. 그때는 정말 어린아이였는데. 분위기도 무거웠고."

"그만큼 시간이 흘렀으니……."

설시연은 나중에야 서윤이 도적들로부터 부모님을 잃었다는 사실을 들었다. 그래서 분위기가 무거웠다는 것도.

하지만 오랜만에 본 서윤은 많이 밝아져 있어 다행이다 싶었다.

"설 소저도 많이 변했습니다."

서윤이 머뭇거리다가 한마디 했다.

사실 설군우를 숙부로 부르고 있고 설시연이 자신보다 한 살 더 많다는 것도 알고 있기에 누이라고 부르려다가 아직 어색해 소저라 부른 것이다.

"어떻게 변했나요?"

"음, 그게……."

서윤은 쉽게 입이 떨어지지 않았다. 예뻐졌다는 말이 하고 싶었는데 살면서 한 번도 그런 말을 해본 적이 없기에 너무나 쑥스럽고 어색한 탓이다.

그런 서윤의 모습에 보일 듯 말 듯 미소를 지은 설시연이 다시 입을 열었다.

"못나졌나요?"

"아니, 그런 것은 아닙니다! 절대!"

"그럼 예뻐졌나요?"

"그, 그게… 예뻐졌습니다."

예뻐졌다는 말을 할 때에는 서윤의 목소리가 거의 들릴락 말락 할 정도로 작았다.

하지만 바로 옆에 있는 설시연이 그것을 못 들었을 리 없었다.

"고마워요."

"하하."

서윤이 멋쩍게 웃으며 머리를 긁적였다.

"무공은 어떤가요? 많이 늘었나요?"

설시연이 과거 신도장천이 한 말을 떠올리며 물었다.

물론 나중에 삼 초 정도는 버틸 수 있을 거라는 농담을 덧붙이기는 했지만 설시연은 그 말을 곧이곧대로 받아들이지 않았다.

그만큼 서윤이 재능 있고 실력이 빠르게 늘고 있다는 뜻으로 받아들였다.

무공에 관심이 높고 욕심이 있는 그녀가 칠 년이 지난 지금 서윤의 무공이 어느 정도일지 궁금해하는 것은 당연했다.

"어느 정도는 늘었습니다."

조금 전과 달리 서윤이 자신 있는 목소리로 대답했다. 순식간에 달라진 서윤의 모습에 설시연은 순간 눈을 빛냈다.

"그럼 대련 한번 해보겠어요? 궁금하네요. 얼마나 늘었을지."

갑작스런 설시연의 대련 제안에 서윤이 난감해하고 있을 때 그를 구원해 준 건 설군우였다.

"칠 년 만에 만나 대화 몇 마디 나누고는 곧장 싸움질부터 할 생각이더냐?"

미소를 지은 채 다가오는 설군우의 곁에는 신도장천과 또 다른 청년 한 명이 서 있다.

서윤은 그가 설군우의 아들인 설궁도(薛宮圖)라는 것을 한 눈에 알아볼 수 있었다. 그만큼 설군우와 판박이였기 때문이다.

"윤아, 여기는 내 아들인 설궁도라고 한단다. 이 녀석이 올해 나이 스물두 살이니 너보다 네 살이 많구나."

"설궁도라고 한다."

"서윤입니다."

설궁도가 웃으며 인사하자 서윤도 미소를 지으며 인사했다.

"아우, 정말 잘 왔네. 반가워!"

갑자기 설궁도가 서윤의 손을 덥석 잡으며 말했다. 당황한 서윤은 그저 눈만 껌뻑이며 그를 바라보고 있을 뿐이다.

평소 남동생 한 명 있었으면 소원이 없겠다 생각해 오던 설궁도에게 서윤은 정말 반가운 존재였다. 게다가 서윤을 몇 차례 만나고 온 아버지로부터 서윤에 대한 이야기를 들어 여러 가지를 알고 있었기에 낯설지가 않았다.

하지만 그런 것을 알 리 없는 서윤은 당혹스러울 수밖에 없었다.

"자, 저녁때까지는 아직 시간이 많으니 우리 사나이들끼리 이야기나 좀 나누자고."

그렇게 말한 설궁도가 서윤의 어깨에 팔을 걸치며 어디론가 데리고 갔다. 순식간에 벌어진 상황에 서윤은 어리벙벙한 표정으로 끌려갔다.

"하하하! 궁도가 윤이를 아주 마음에 들어 하는 것 같습니다. 근래에 본 모습 중 가장 좋아하는군요."

설군우의 말에 신도장천도 흐뭇한 미소를 지었다.

자신과 살면서 사실 부모를 잃고 형제 없이 지내온 서윤이 외로워 보일 때가 종종 있었다.

이제 그런 걱정은 하지 않아도 되겠다 싶은 생각에 마음 한쪽에 있던 짐이 조금은 가벼워지는 것 같다.

흐뭇해하는 설군우, 신도장천과 달리 설시연은 아쉬운 눈빛으로 멀어지는 오라버니와 서윤을 바라보고 있었다.

'뭐 시간은 많으니까.'

속으로 그렇게 중얼거린 설시연이 몸을 돌렸다.

6장
인연(因緣)

風神徐闇

풍신서윤

　설궁도는 서윤을 데리고 상단 구석구석을 돌아다니며 많은
것을 보여 주었다. 육로를 통해 서역과 무역을 하고 있는 탓에
중원에서는 볼 수 없는 여러 가지 물건을 볼 수 있었다.

　처음에는 너무나 살가운 설궁도의 태도에 당황하던 서윤도
연이어 등장하는 진기한 물건에 마냥 신기해했다.

　정신없이 상단을 구경하고 나니 시간은 어느덧 저녁때가 되
었다. 설궁도는 서윤을 데리고 식사 준비가 한창인 곳으로 향
했다.

　"헙!"

식당에 도착한 서윤은 놀라 벌어진 입을 다물지 못했다. 처음 보는, 한 번도 먹어보지 못한 음식이 잔뜩 차려 있는 것이다.

예전 서윤이 살던 마을도 춘절이 되면 마을 잔치를 하곤 했다. 그때 평소에 먹어보지 못한 진수성찬을 맛보곤 했다.

하지만 지금 눈앞에 있는 음식들은 마을 잔치에서도 보지 못한 것이었다. 신도장천도 신도장천이지만 상단을 처음 방문하는 서윤을 위해 설군우가 제법 신경을 쓴 탓이다.

'여기는 먹을 것까지도 처음 보는 것뿐이구나!'

그렇게 생각하고 있을 때 설궁도가 서윤의 어깨를 탁 치며 말했다.

"아우, 뭘 그렇게 서 있어? 이쪽으로 앉아."

그렇게 말하며 설궁도가 서윤을 자신이 앉을 자리의 맞은 편으로 안내했다.

그렇게 넋 놓고 음식을 보고 있을 때 신도장천과 설군우, 그의 부인 연 씨와 설시연이 들어섰다.

"먼저 와 있었구나. 그래, 상단 구경은 잘 했느냐?"

"예, 신기한 것들이 많더라고요."

서윤의 대답에 설군우가 기분 좋은 미소를 지었다. 모두 자리에 앉자 곧바로 식사가 시작되었다. 무엇부터 먹어야 할지 고민하던 서윤은 가장 가까이에 있는 음식부터 먹기 시작했다.

'오!'

입안에 퍼지는 맛과 향에 서윤은 깜짝 놀랐다. 이런 맛은 느껴본 적이 없었기 때문이다.

"음식은 입에 맞느냐?"

"예, 너무 맛있습니다."

서윤의 대답에 설군우가 미소와 함께 고개를 끄덕였다. 손님이 기분 좋아하면 주인은 몇 배로 더 좋은 법, 설군우도 그러했다.

"아우가 검법을 익혔으면 검이라도 하나 선물로 주겠는데 아쉽습니다."

설궁도의 말에 설군우가 고개를 끄덕였다.

설시연이 가지고 있는 백아만큼은 아니지만 상단에는 명검이라 불릴 만한 좋은 검이 몇 자루 있는 까닭이다.

"그러게, 아쉽구나. 다른 것이라도 마음에 드는 게 있거든 골라보거라. 허허."

"선물은 무슨."

설군우의 말에 신도장천이 고개를 저었다.

"저도 그렇고 궁도도 그렇고 윤이가 마음에 들어 그런 것이니 사양 마십시오."

"예, 종조부님, 너무 개의치 마십시오."

설궁도의 말에 신도장천이 입에 있던 음식을 삼키고 말했다.

"윤이에게 줄 것은 따로 있으니 다른 것은 없어도 된다. 다른 선물은 무슨."

신도장천의 말에 설군우가 놀라며 물었다.

"줄 것이라면… 그것입니까?"

알 수 없는 대화에 서윤은 그저 두 사람의 얼굴을 번갈아 바라보았다.

"표정을 보니 윤이는 모르는 모양이군요."

"모르는 게 당연하지. 보여준 적도 없고 말한 적도 없으니."

신도장천은 대수롭지 않다는 듯 식사를 계속했다. 하지만 서윤은 궁금증이 머리 꼭대기까지 올라온 듯한 모습이다.

"하하, 숙부님께서 과거 착용하시던 장갑이 하나 있단다. 뭐, 나도 들은 이야기지만 젊은 시절 숙부님이 그 장갑을 끼면 상대방이 다들 겁부터 집어먹었다고 한다."

"겁은 무슨. 이야기는 부풀려지게 마련이지. 그냥 평범한 가죽 장갑이다. 나중에 윤이 네가 팔단공에 들면 그때 주마."

"예."

신도장천의 말에 서윤이 짧게 대답했다. 하지만 안에서는 얼른 받고 싶어서라도 빨리 팔단공에 들어야겠다는 욕구가 끓어오르고 있었다.

"오호, 이 시점에 그런 이야기를 꺼내시는 걸 보니 팔단공이 머지않은 듯합니다."

"얼마 안 남긴, 아직 멀었지. 장갑 이야기야 선물 이야기가 나왔으니 한 말이고."

신도장천의 말에 설시연이 눈을 빛내며 서윤을 바라보았다. 그러고는 뭔가 작심한 듯 신도장천에게 물었다.

"저와 비교하면 어느 정도일까요?"

"시연아."

갑작스런 설시연의 물음에 설군우가 당황스런 표정을 지으며 그녀의 이름을 불렀다. 하지만 그녀는 신도장천의 대답을 재촉이라도 하듯 시선을 거두지 않았다.

그녀의 시선을 받은 신도장천이 가만히 젓가락을 내려놓았다.

좋던 분위기가 한순간에 가라앉자 설군우와 연 씨 등은 당황한 기색이 역력했다. 그중에서도 가만히 있다가 당사자가 되어버린 서윤이 가장 당황한 듯했다.

신도장천이 진지한 표정으로 설시연을 바라보았다, 마치 그녀의 실력을 가늠해 보기라도 하듯이.

잠시 그렇게 설시연을 바라보던 신도장천이 천천히 입을 열었다.

"두 사람 사이에는 시간적 거리가 있다. 그리고 그 거리는 쉽게 좁혀지지 않지."

거기까지 이야기한 신도장천은 잠시 뜸을 들였다. 망설이는 듯했지만 이내 결심한 듯 다시 입을 열었다.

"하지만 연아 너는 그 친구가 사라진 후 홀로 무공 수련을 해왔고 윤이는 지금까지 내 밑에서 내 지도를 받으며 수련해 왔지. 정확한 실력 비교는 대련이라도 해봐야 알겠지만 시간 차는 어느 정도 메워졌을 거라 생각한다."

"그렇… 군요."

신도장천의 말에 설시연이 씁쓸한 미소를 지었다.

조부인 설백이 실종된 후 설시연은 더욱 독하게 수련에 임 했다.

기본적으로 무공에 대한 욕심이 대단한 것도 있었지만 설백과 관련해 최악의 상황까지 가정하며 무공 수련에 임했 다.

정말 최악의 상황이 온다면 자신의 손으로 복수를 해야 한 다는 생각이 강했기 때문이다.

거기에 마교주의 아들이 조부의 무공을 펼쳤다는 이야기를 들었다. 다른 이도 아니고 신도장천의 입을 통해 직접.

그것이 그녀로 하여금 더욱 독하게 마음먹는 계기가 되었 다.

그랬음에도 자신보다 뒤늦게 무공을 익히기 시작한 서윤에 게 따라잡혔다는 것은 약간의 좌절감과 충격을 가져다주었 다.

"자, 그 이야기는 그만하고 식사하시지요. 분위기가 너무 가 라앉았습니다."

설군우가 분위기를 수습하며 화제를 돌렸다. 그러나 가라앉은 분위기는 쉽게 돌아오지 않았다.

우여곡절 끝에 식사를 마치고 서윤은 처소에서 휴식을 취하고 있었다.

상단에 도착하자마자 설궁도에게 끌려 다녔고 식사 시간에도 가라앉은 분위기에 긴장한 탓에 피로가 몰려온 것이다.

침상에 아무렇게나 누워 멀뚱멀뚱 천장을 올려다보던 서윤은 문득 식사 시간에 본 설시연의 표정을 떠올렸다.

표정에 큰 변화는 없었지만 서윤은 왠지 모르게 슬픔 같은 것을 느꼈다.

가족이 있고 없고의 차이가 있긴 하지만 소중한 사람을 잃었다는 것, 그리고 그 때문에 입은 마음의 상처 같은 것이 서윤의 눈에는 보였다.

그녀가 무공에 더욱 열을 올리게 된 것도 설백의 실종 후라는 이야기를 설궁도에게 듣고 나니 더욱 마음이 쓰였다.

'후…….'

서윤은 부모님의 얼굴을 떠올렸다.

점차 흐릿해지는 부모님의 이목구비를 어렵사리 붙잡은 서윤은 못 견딜 정도로 가슴이 답답해졌다.

아직 어린 나이의 서윤이 죽음이라는 것을 생각하고 받아들이기엔 아직 무리가 있었다.

결국 침상에서 벌떡 일어선 서윤은 밖으로 나갔다.

어둠이 내려앉은 처소 밖은 쌀쌀했다.

한바탕 눈이라도 뿌리려는 듯 시커먼 구름이 뒤덮고 있는 하늘에는 달도 별도 보이지 않았다.

처소를 나선 서윤은 미리 봐둔 처소 근처의 공터로 향했다.

낮에는 상단 사람들이 분주하게 지나다니던 곳이지만 밤이 된 지금은 바람 소리만 들리는, 한바탕 몸을 움직이기에 좋은 공간이었다.

"흐읍!"

서윤이 차가운 공기를 폐부 깊숙이 빨아들였다. 그러고는 정면을 응시하며 뒷짐을 지었다.

스윽.

서윤이 부드럽게 바닥을 쓸었다.

그러고는 이내 쾌풍보의 족적을 따라 다리를 움직이기 시작했다.

평소에는 풍절비룡권을 수련하며 쾌풍보를 펼쳤지만 가슴이 답답할 때에는 이렇게 쾌풍보만 펼치곤 했다.

마음껏 공터를 휘젓는 서윤의 입가에 점차 미소가 번졌다.

눈을 감고 얼굴로 맞는 차가운 공기가 가슴속 답답함을 조금이나마 어루만져 주었다.

게다가 쾌풍보를 펼치는 서윤을 다독이기라도 하듯 풍령신공의 기운 역시 부드럽게 몸 곳곳을 돌아다니고 있다.

'좋구나!'

서윤은 점점 쾌풍보 속으로 빠져들었다.

쾌풍보에 자신을 맡긴 채 푹 빠져 있는 서윤의 모습을 지켜보고 있는 이가 있었다.

다름 아닌 설시연이었다.

그녀 역시 처소에 있다가 답답함을 이기지 못하고 검무라도 추고 싶은 마음에 공터를 찾았다가 서윤의 모습을 본 것이다.

마치 스스로가 바람이 되고 싶다는 듯 공터를 누비는 서윤을 설시연은 어느새 넋을 놓은 채 바라보고 있었다.

쾌풍보를 펼치는 서윤의 모습을 보는 것만으로도 설시연은 답답함이 풀리는 듯했다.

게다가 서윤이 펼치는 풍절비룡권을 본 것은 아니었지만, 그가 펼치는 쾌풍보만으로도 오 년의 차이가 메워졌다는 신도장천의 말을 어느 정도 이해할 수 있을 듯했다.

그 정도로 서윤이 펼치는 쾌풍보는 대단하고 자연스러웠다.

한참 서윤의 보법을 보고 있을 때 설시연의 귓가에 한 줄기 전음이 날아들었다.

[윤이도 제법 노력을 많이 했단다.]

갑작스레 들려온 신도장천의 목소리에 설시연은 움찔했지만 이내 조용히 듣기 시작했다.

[직접 보지는 못했지만 네가 얼마나 무공 수련에 매진해 왔는지, 그리고 그 이유가 무엇인지도 잘 알고 있단다. 하지만 윤이 역시 부모님을 잃고 고아가 된 후 간절함을 가지고 무공 수련에 임했다. 노력은 누구에게도 뒤지지 않았지. 그러니 실망할 것도 없고 부러워할 것도 없으며 좌절할 것도 없단다. 그저 지금처럼 묵묵히 네 길을 가면 된다. 뭐, 윤이와 네가 서로에게 자극을 주고 힘을 주는 사이가 되는 것도 좋긴 하겠지.]

그 후로 신도장천의 전음은 들려오지 않았다.

설시연이 잠시 그의 말을 곱씹으며 생각에 잠겨 있는 사이, 서윤이 천천히 멈춰 섰다.

한결 표정이 밝아진 서윤의 눈에 그런 설시연의 모습이 들어왔다.

잠시 흐르는 구름 사이로 달이 고개를 내밀며 어둠을 밝혀주었다. 달빛을 받으며 서 있는 설시연의 모습은 아름다웠다.

'예쁘다.'

잠시 넋을 놓고 그녀의 모습을 보던 서윤이 움찔했다. 상념에서 벗어난 그녀와 눈이 마주친 까닭이다.

마치 도둑질을 하려다가 들킨 사람처럼 어쩔 줄 몰라 하는 서윤에게 설시연이 다가왔다.

"멋졌어요."

그녀가 말을 건넸다. 그에 서윤은 멋쩍은 미소와 함께 대답했다.

"고맙습니다."

서로에게 짧게 한 마디씩 건넨 두 사람 사이에 침묵이 흘렀다.

어색한 분위기에 서윤은 어정쩡하게 서 있다가 고개를 숙이고 그녀를 지나 처소로 발걸음을 옮겼다.

"수련하면서……."

자신을 스쳐 지나가는 서윤을 향해 설시연이 다시 입을 열었다. 그에 서윤은 발걸음을 멈추고 그녀를 돌아보았다.

"수련하면서 무슨 생각을 하나요?"

자신을 똑바로 바라보며 묻는 그녀의 질문에 서윤은 잠시 머뭇거리다가 대답했다.

"특별한 생각을 하지는 않습니다. 그저 지금 이 단계를 뛰어넘고 싶다는 생각뿐이죠."

서윤의 대답에 설시연이 의외라는 듯 그를 바라보았다. 그러고는 이내 다시 질문을 던졌다.

"부모님의 원수를 갚고 싶다거나 하는 생각은 없나요?"

그녀의 물음에 서윤의 표정이 조금 굳었다. 그에 설시연은 자신의 실수를 깨닫고 사과했다.

"미안해요. 상처를 주려고 한 말은 아니었어요."

"괜찮습니다. 뭐, 처음에는 그런 생각도 있었죠. 하지만 그 땐 너무 어렸고 무공을 익힌다고 복수를 할 수 있을 거라는 생각도 할 수가 없었습니다. 그저 힘이 없으니 이런 일을 겪는 구나. 힘이 있었으면 좋겠다는 생각뿐이었어요. 이제는 그런 생각도 없고 그저 무공을 익히고 한 단계씩 발전할 때마다 느끼는 희열 때문에 더 수련에 매진합니다."

서윤의 대답에 설시연은 아무런 말도 하지 않았다.

자신과는 달랐다.

무공이 좋아서 시작했지만 슬픔을 잊기 위해서, 복수심에 수련을 해 왔다.

'그 차이인가.'

설시연은 한결 마음이 편해졌다.

사실 할아버지가 잘못되었다는 확실한 무언가가 있는 것도 아니었고 설령 잘못되었다 한들 자신 혼자서 할 수 있는 것도 없었다.

하지만 괜히 혼자만의 생각으로 너무 앞서가고, 그녀 스스로 자신에게 짐을 지우고 무게를 더하고 있었다.

그런 상황에서 서윤의 이야기를 듣고 나니 완전히 사라진
건 아니지만 적어도 짐의 무게는 조금 가벼워진 것 같았다.

"고마워요."

"예? 아, 예……."

그런 설시연의 마음을 모르는 서윤으로서는 무엇이 고맙다
는 것인지 알 수가 없어 어색하게 그녀의 인사를 받았다.

"내일 대련 한번 할래요? 저도 무공이라면 누구에게도 지고
싶지 않은 욕심이 있거든요."

그렇게 말하며 설시연이 미소를 지었다.

얼굴만큼이나 아름다운 그녀의 미소에 홀리기라도 한 듯
서윤은 고개를 끄덕였다.

쾌풍보로 답답함을 풀고 설시연과 짧은 대화를 나눈 서윤
은 처소로 돌아와 단잠에 빠졌다.

기분 좋게 꿀잠을 잔 서윤은 아침이 되어 힘껏 기지개를 켜
며 눈을 떴다. 그러고는 아직 초점이 흐린 눈을 깜빡였다.

'아!'

잠시 멍한 상태로 눈을 깜빡이던 서윤은 어젯밤 일을 떠올
렸다. 대련하자는 설시연의 말에 자신도 모르게 고개를 끄덕
인 일이 떠오른 것이다.

'망했다! 어쩌자고!'

서윤은 후회가 몰려왔다.

왜 그랬을까, 대련이라니.

무공 수련을 위해 신도장천과 수없이 대련을 펼쳐 온 서윤이다. 하지만 왠지 모르게 설시연과의 대련은 망설여졌다.

이기고 지고의 문제가 아니었다. 그냥 하기 싫었다.

"하……."

서윤이 깊은 한숨을 내쉬었다. 그때 시비가 세안 물을 받아 방으로 가지고 들어왔다.

서윤은 에라 모르겠다는 심정으로 세안을 시작했다.

아침 식사 자리에서 서윤은 슬쩍 설시연을 쳐다보았다.

하지만 그녀는 별다른 내색 없이 식사에 열중이다. 그녀의 모습을 보니 대련이 신경 쓰이는 건 자신뿐인 것 같아 서윤은 괜히 머쓱해졌다.

그렇게 혼자 신경 쓰고 머쓱해한 아침 식사가 끝나자마자 설궁도가 서윤의 팔을 잡아끌었다.

'아침부터 또?'

그렇게 생각하며 서윤이 설궁도를 따라나섰다. 설궁도의 그런 모습이 싫은 건 아니었으나 아침 식사 후 간단하게 운기조식을 하려고 한지라 마지못해 끌려가는 면도 없지 않았다.

"어서 오게나. 아우에게 줄 걸 찾았다네."

재촉하는 설궁도의 말에 서윤은 어제저녁 식사 자리에서 그가 한 이야기를 떠올렸다.

'안 그래도 되는데.'

솔직히 처음 선물 이야기를 들었을 때에는 조금 혹한 것도 사실이다. 하지만 이내 부담스러운 마음이 생겨 받고 싶지 않은 마음이 컸다.

설궁도가 서윤을 데리고 간 곳은 구석에 있는 허름해 보이는 창고였다.

괜히 비싼 것을 주면 어쩌나 걱정하던 서윤은 창고의 외관을 보며 조금은 마음을 놓을 수 있었다.

"들어오게."

설궁도가 열쇠로 창고 문을 열고 안으로 들어갔다. 오랜 시간 문을 열지 않았는지 먼지가 제법 많이 쌓여 있다.

"제때 관리를 좀 했어야 하는데 먼지가 많군."

설궁도가 손바닥으로 코와 입을 막으며 중얼거렸다. 그러고는 이내 창고 한쪽을 뒤지기 시작했다.

"기억이 맞는다면 여기에 있을 텐데……. 아, 여기 있군."

한참을 뒤적이던 설궁도가 깊숙한 곳에 있는 작은 목함 하나를 발견하고는 어렵게 꺼내 들었다.

안쪽 깊숙한 곳에 있었기 때문인지 밖에 나와 있는 다른 물건들에 비해 먼지가 조금 덜 묻어 있었다.

"자, 보게."

설궁도가 목함을 열어 안에 있는 물건을 보여주며 서윤에게 들이밀었다.

목함 안에는 한 쌍의 장갑이 들어 있었다.

"오!"

서윤은 깜짝 놀랐다. 평범해 보이는 장갑이었지만 왠지 모르게 자꾸 시선이 가는 장갑이다.

"하하! 아우가 물건 보는 눈이 있구만. 이래 봬도 이게 서역에서 물소 가죽으로 만든 녀석이야."

설궁도의 이야기를 듣고 있긴 한 건지 서윤은 아무런 반응 없이 가죽 장갑에 시선을 고정시키고 있다.

"마음에 드는가?"

"예, 마음에 듭니다."

그렇게 말하며 서윤은 조심스럽게 가죽 장갑을 목함에서 꺼냈다.

"껴보게. 아무리 좋으면 뭘 하나, 맞아야지."

설궁도의 재촉에 서윤은 장갑을 껴보았다.

마치 서윤의 손에 맞추기라도 한 듯 딱 맞았다.

"잘 맞네, 잘 맞아. 하하! 내가 눈썰미가 좀 있다니까!"

선물을 받은 서윤보다 설궁도가 더 기분이 좋은 듯 웃었다. 장갑을 낀 손을 이리저리 돌려보던 서윤이 미안한 듯 물었다.

"이런 걸 제게 주셔도 됩니까?"

"괜찮네. 사실 내가 아버지를 따라 서역에 처음 갔을 때 가져온 물건이라네. 종조부님께 드리면 참 좋겠다 싶었는데 한

사코 거절하셨지. 그래서 까맣게 잊고 있었는데 어젯밤 잠들기 전에 생각이 나지 뭔가? 당장 데리고 와서 주고 싶었는데 밤늦은 시간이라 참았네."

"감사합니다."

설궁도의 말에 서윤이 진심으로 감사의 말을 전했다. 정말 마음에 쏙 드는 장갑이었다.

"종조부님께서 쓰시던 장갑도 의미가 있겠지만 언제 주실지 모를 일이니 그전까지는 이걸 쓰게. 뭐, 종조부님께서 그렇게 하셨듯이 자네도 이 장갑과 함께 중원에 이름 석 자, 아니, 두 자 남기는 것도 좋을 것이고."

설궁도의 말에 서윤은 진심으로 기뻐하며 설궁도에게 고개를 숙였다.

"자, 이제 나가세. 먼지가 너무 많아. 당장 사람을 불러다가 청소부터 해야겠구만."

그렇게 말하며 설궁도는 서윤을 데리고 창고 밖으로 나갔다. 그러고는 지나가는 상단 사람 한 명을 붙잡고 당장 창고 청소부터 하라며 열쇠를 건넸다.

그러는 동안에도 서윤의 시선은 손에 낀 장갑에 고정되어 있었다.

서윤에게 장갑을 선물했다는 설궁도의 말에 신도장천은 무엇하러 그랬느냐며 작게 나무랐지만 설군우는 잘했다며 칭찬했다.

　준다고 덥석 받아버린 서윤이 못마땅했지만 눈에 띄게 좋아하는 그의 모습에 신도장천도 더 이상 뭐라 하지 못했다.

　그렇게 밤이 되었다.

　호롱불 하나만 밝혀놓고 침상에서 운기조식을 하고 있던 서윤은 밖에서 들려온 시비의 목소리에 눈을 떴다.

　"아가씨께서 이걸 전해 드리라 하셨습니다."

　시비가 건네준 쪽지를 펼쳐 본 서윤이 시비에게 물었다.

　"지금이 몇 시쯤 됐죠?"

　"해시(亥時) 말이 다 되어갑니다."

　"알겠습니다."

　그렇게 대답하고 서윤이 돌아서자 시비가 공손하게 허리를 숙이고 문을 닫았다.

　'자시(子時) 초라……'

　해시 말이 다 되어가는 시간에 자시 초에 보자는 쪽지를 보낸 건 지금 당장 나오라는 뜻이다.

　'하, 대련……'

　서윤은 머리가 아파오는 것을 느꼈다. 하지만 어쩌겠는가, 하겠다고 한 것을.

　방을 나서려던 서윤은 침상 곁에 조심스럽게 올려둔 장갑을 보았다. 잠시 그것을 바라보던 서윤은 장갑을 들고 밖으로 나갔다.

어제의 그 공터에 도착하자 설시연이 먼저 나와 그를 기다리고 있다.

"왔네요."

"오긴 왔는데……."

서윤이 머리를 긁적이며 말끝을 흐리자 설시연이 의아해하는 표정으로 그를 바라보았다.

"대련, 꼭 해야 합니까?"

"왜요? 하기 싫은가요?"

"싫다기보다는 내키지 않습니다."

서윤의 대답에 설시연이 눈을 가늘게 뜨며 물었다.

"왜죠? 내가 여자라서 그런가요? 아니면 약할 것 같아서?"

그녀의 목소리에 날이 서 있다. 그에 서윤은 손사래를 치며 말했다.

"그런 것은 아닙니다! 그저 나 자신에게 아직 확신이 없어서……."

서윤의 대답에 설시연이 표정을 풀고 미소를 지으며 말했다.

"그건 저도 마찬가지예요. 내 지금 실력을 정확하게 알기 위해선 비슷한, 혹은 나보다 더 높은 실력을 가진 사람과의 대련만큼 좋은 게 없어요. 그러니 나 좀 도와줘요."

서윤으로서는 설시연이 그렇게 나오는데 더 이상 하지 말자는 이야기를 할 수가 없었다.

"하, 알겠습니다."

그렇게 말한 서윤은 설시연과 마주 보고 서며 장갑을 꼈다.

"하지 말자고 해놓고서 장갑은 가지고 나왔네요?"

"사실 하지 말자고는 했지만 안 하겠다는 대답은 기대도 안 했습니다. 형님께 선물 받은 것, 이왕이면 첫 개시를 지금 하는 게 좋겠다는 생각에 가지고 나왔지요."

대답을 하는 사이 서윤이 장갑 착용을 완료했다.

"서로 다칠 수 있으니 저도 백아 대신 목검을 사용할게요. 시간도 정해놓고 하죠. 한 식경. 그전에 누구 한 명이 패배를 인정하면 끝이고요. 어때요?"

"좋습니다."

서윤이 주먹을 쥐었다 펴기를 반복하며 대답했다.

"좋아요. 먼저 갈게요."

그렇게 말하며 설시연이 지면을 박찼다. 기습까지는 아니더라도 서윤 입장에서는 충분히 갑작스러운 선공이었다.

하지만 서윤은 침착했다.

즉시 쾌풍보를 펼치며 설시연의 거리에서 벗어났다.

하지만 설시연 역시 그냥 넘어가지 않았다.

그녀가 익히고 있는 보법, 검왕 설백의 추혼보(追魂步) 역시 쾌풍보에 결코 뒤지지 않는 보법이었다.

설시연이 여의제룡검의 초식을 연신 뿌렸다.

목검인지라 진기를 제대로 담고 있지 않았음에도 그 위력은 결코 가볍지 않았다.

서윤은 그녀의 검격에 최대한 집중했다.

설시연의 목검이 스쳐 지나갈 때마다 간담이 서늘했지만 그런 것에 신경 쓸 겨를이 없었다.

쾌풍보를 이용해 그녀가 뿌려대는 초식을 피하기만 하던 서윤이 어느 순간 풍절비룡권을 펼치기 시작했다.

검과의 대련은 처음이라 적응하는 데 시간이 필요했던 것이다.

설시연이 펼치는 여의제룡검의 위력과 속도에 어느 정도 적응이 되자 서윤도 반격을 시작한 것이다.

'뭐, 뭐야!'

그렇게 되자 당황하기 시작한 쪽은 설시연이었다.

피하기만 하던 서윤이 여유롭게 반격까지 해오고 그 위력이 결코 약하지 않자 당황하기 시작한 것이다.

서윤은 그간 신도장천과 많은 대련을 해왔다.

아무리 그가 서윤과 대련하며 수위 조절을 했다고는 하지만 권왕은 권왕이었다.

힘과 속도, 그리고 위력 면에서 설시연은 신도장천에 비할 바가 아니었다.

그와의 대련에 익숙해져 있는 서윤으로서는 짧은 시간이면 설시연의 속도와 위력에 적응하기 충분했다.

당황하기 시작한 설시연은 순식간에 수세에 몰렸다.

하지만 그것도 잠시, 그녀 역시 다시 마음을 다잡고 대련에 집중했다.

서윤이 자세를 낮추며 거리를 좁혔다.

그러자 설시연이 거리를 주지 않기 위해 추혼보로 물러서며 검초를 뿌렸다.

제법 위력적인 검압이 짓쳐들었다.

하지만 서윤은 아랑곳하지 않고 더욱 속도를 올리며 품을 파고들었다.

무리에 가까운 서윤의 움직임에 설시연은 이를 악물었다.

그러고는 거리를 더 벌리며 검초를 뿌리려 했으나 이미 서윤은 그녀의 품을 파고든 후였다.

차마 칠 수는 없었는지 서윤의 주먹이 그녀의 옆구리 부근에서 멈추었다.

"후……."

검초를 뿌리려던 설시연이 작은 한숨과 함께 목검을 내렸다. 그에 서윤 역시 뻗은 주먹을 거두며 뒤로 물러섰다.

걸린 시간은 일다경이 조금 넘었다.

자신보다 시작이 한참 늦은 서윤이 자신을 제압하는 데 고작 일다경밖에 걸리지 않은 것이다.

물론 마지막 움직임은 진검을 사용하는 비무였다면 더욱 위험할 수 있었지만 어쨌든 진 것은 진 것이다.

'더 빨리 끝낼 수 있었어.'

서윤이 알고 있는지 모르고 있는지는 알 수 없었지만 끝냈어도 진작 끝낼 수 있는 기회가 두세 차례는 더 있었다.

하지만 서윤은 끝내지 않았다.

"졌네요."

"그렇게 됐습니다."

서윤이 머리를 긁적이며 대답했다.

이기고도 기쁘기보다는 왠지 모르게 미안한 마음이 더욱 컸다.

"달밤에 운동 한번 요란하게 하는구나."

그때 들려온 목소리.

움찔한 서윤과 설시연이 그쪽으로 고개를 돌리자 설군우와 설궁도, 그리고 신도장천이 다가오고 있다.

"어떻게 아셨어요?"

"내 집에서 무슨 일이 벌어지는지 내가 모르면 누가 알겠느냐?"

세 사람이 와 있다는 사실을 전혀 모르고 있던 설시연의 물음에 설군우가 미소를 지으며 대답했다.

"종조부님 말씀이 맞았네요. 오 년 차이가 메워진 건 물론이고 역전당해 버렸어요."

그렇게 말하는 설시연의 목소리에서는 좌절감 같은 건 찾아볼 수 없었다. 아쉬움이 없다면 거짓말이겠지만 뭔가 후련하고 만족스러운 마음도 드는 그녀였다.

그에 신도장천이 미소를 지으며 말했다.

"윤이 수련을 내가 좀 힘들게 시켜서 그렇단다. 나하고 대련
도 하면서."

신도장천의 말에 설시연은 물론이고 설군우와 설궁도도 놀
란 표정으로 신도장천과 서윤을 번갈아 바라보았다.

"대단하네요."

설시연이 진심으로 말했다.

권왕과의 대련. 이길 수 없는 것이야 당연한 것이겠지만 그
래도 배우는 것이 많았을 것이다.

"늦었다. 얼른 들어가서 자자꾸나."

설군우의 말에 고개를 끄덕인 설시연이 서윤에게 다가갔다.
그녀가 다가오자 서윤은 다시 긴장하기 시작했다.

"대련할 때에는 그렇게 매섭게 몰아치더니 끝나니까 원상
복귀네요."

설시연이 웃으며 말했다. 그에 서윤이 멋쩍은 미소를 지었
다.

"그 장갑, 하루만 빌려줄 수 있어요?"

"장갑 말입니까?"

"그래요. 지금 손에 끼고 있는 그 장갑이요."

설시연의 말에 서윤이 '냄새날 텐데'라고 중얼거리며 장갑을
벗어주었다.

"고마워요. 내일 줄게요."

서윤에게서 장갑을 받아 든 설시연이 설군우, 설궁도와 함께 공터를 벗어났다.

두 사람만 남게 되자 신도장천이 서윤에게 다가가 물었다.

"왜 그랬느냐?"

"예?"

앞뒤 다 자르고 묻는 신도장천을 보며 서윤은 어리둥절한 표정을 지었다.

"더 빨리 끝낼 수 있었는데, 설마 몰랐다고 하지는 않겠지?"

설시연이 느낀 것을 신도장천이 느끼지 못했을 리 없었다.

한두 번이야 미처 알아차리지 못하고 넘어갈 수 있어도 세 번은 아니라는 게 신도장천의 생각이었다.

게다가 서윤의 실력을 정확하게 알고 있는 신도장천으로서는 일부러 그랬다고 확신하고 있었다.

"뭐, 좀 더 해보고 싶은 생각도 있었고……."

"그리고 또?"

신도장천의 물음에 서윤이 슬쩍 그를 바라보다가 말했다.

"괜히 또 좌절할까 봐 걱정도 되고 그랬어요. 들어갈게요!"

그렇게 말하며 서윤이 서둘러 자신의 처소로 발걸음을 옮겼다.

서윤마저 떠난 공터에서 신도장천은 미소를 지었다.

잠시 그렇게 홀로 서 있던 신도장천은 잠을 청하기 위해 발걸음을 옮겼다.

하늘에 떠 있는 달만이 아무도 없는 공터를 환하게 비추고 있다.

대륙상단의 춘절 잔치는 칠 일 동안 계속되었다.

그동안 서윤은 모처럼 즐거운 시간을 보내며 숨 가쁘게 무공 수련을 하느라 지쳐 있던 심신을 달랬다.

잔치 마지막 날.

신도장천과 서윤은 집으로 돌아가기 위해 준비된 마차에 올랐다.

가장 아쉬워한 이는 당연히 설궁도였다.

이렇게 헤어지면 또 언제 보겠느냐며 자주 찾아오라는 말을 수없이 반복한 그였다.

대문까지 배웅을 나온 세 사람에게 작별 인사를 한 신도장천과 서윤은 마차에 몸을 싣고 다시 먼 여정을 떠났다.

흔들리는 마차 안에서 창밖을 내다보던 서윤이 허리춤에서 무언가를 꺼냈다.

설궁도가 선물로 준 장갑.

거기에 못 보던 무언가가 생겨 있다.

장갑 한쪽에 노란 자수로 서윤의 이름이 새겨져 있다.

대련이 끝나고 서윤에게 장갑을 빌린 설시연이 서윤의 이름을 새겨준 것이다.

잃어버려도 금방 찾으라고 새겨준 거라며 어색하게 장갑을 건네주던 그녀의 모습을 떠올리며 서윤은 피식 웃음을 터뜨렸다.

 그 모습을 슬쩍 바라본 신도장천은 못 본 척 창밖으로 시선을 돌렸다.

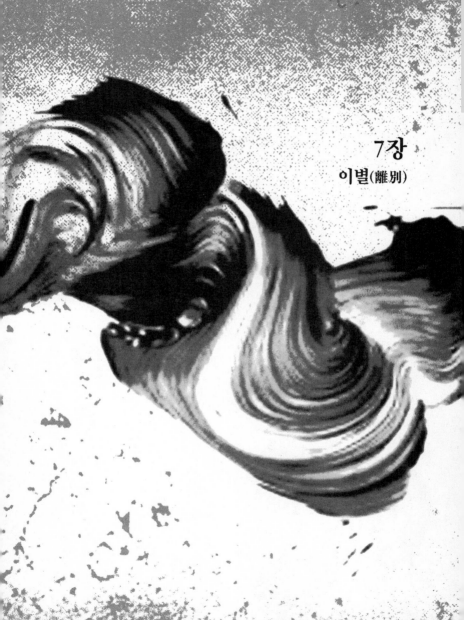

7장
이별(離別)

風神 徐潤

풍신서윤

　서윤의 나이가 스무 살이 되는 해.

　무공을 익히기 시작한 지 꼭 십 년째 되는 해다. 스무 살이 된 서윤은 외형적으로도 성격적으로도 많은 부분이 달라져 있었다.

　젖살이 빠지면서 선 굵은 남자다움이 묻어나는 외모로 변해 있었다. 성격 역시 원래부터 진중했지만 더욱 차분해지고 이성적으로 변했다.

　일찍 부모를 여의고 신도장천을 만나 함께 생활하면서 또래에 비해 일찍 철이 든 서윤이다.

　하지만 무공은 답보 상태였다.

풍령신공 칠단공의 끝자락에 닿았지만 아직 팔단공에 오르지 못하고 있었다.

과거 신도장천이 칠단공에서 팔단공으로 넘어갈 때 바람의 변덕이 심하다 했는데 생각한 것보다 더한 느낌이 들었다.

팔단공에 오르지 못하고 있다 보니 풍절비룡권의 후반 이 초식도 익히지 못했다.

후반 이 초식은 전반과 중반 육 초식을 다 합쳐도 그 위력이 따라가지 못할 정도로 강한 초식이었는데 팔단공에 오른 후에야 내력이 받쳐줄 수 있었다.

그전에 배울 수야 있겠지만 단조로운 초식이기 때문에 형을 익힌다 한들 큰 의미가 없었다.

후반 이 초식의 형이 단조로운 이유는 앞선 육 초식과는 전혀 다른 형식의 초식이기 때문이었다.

앞선 육 초식이 내력의 운용과 움직임을 통해 상대를 제압하는 형식이라면 후반 이 초식은 발경(發勁)을 통해 내기를 쏘아 보내는 형식이었다.

깨달음과 내공의 깊이에 따라 다르겠지만 권기(拳氣)가 될 수도 있고 권강(拳罡)이 될 수도 있었다.

지금 서윤의 수준이라면 앞선 육 초식을 펼치면서도 권기를 끌어낼 수는 있었다.

하지만 권기를 끌어내는 것과 쏘아 보내는 것은 전혀 달랐다.

권기의 발현이 하단전과 중단전을 기반으로 한다면 권기나 권강을 밖으로 분출하고 그것을 바탕으로 제대로 된 공격을 펼치려면 상단전이 온전히 열려야만 가능했다.

하지만 팔단공에 들지 못한 서윤의 상단전은 아직 미개척지와 같았다.

슈욱!

서윤의 주먹이 매섭게 뻗어갔다.

오늘도 이어지는 대련. 무공이 답보 상태에 있을 때에는 익힌 것을 다지는 것이 중요했다.

그런 의미에서 계속되는 신도장천과의 대련은 서윤에게 큰 도움이 되었다.

아직까지 신도장천은 뒷짐을 진 채 쾌풍보만 이용하여 서윤의 공격을 피해내고만 있었다.

예전에는 주먹을 교차하는 대련이었다면 지금은 서윤이 신도장천의 그림자를 좇는 형식이다.

서윤의 실력이 떨어진 것일까.

아니었다.

오히려 서윤의 실력이 늘어난 만큼 신도장천도 가진 실력을 더 활용해 서윤을 상대하고 있었다.

스슥.

신도장천의 다리가 부드럽게 움직였다.

하지만 신형은 눈으로 좇기 어려울 정도로 빠르게 흐르고
있다.

스슥.

서윤의 다리도 움직였다.

신도장천의 움직임보다는 느리지만 마치 다 보고 있다는
듯 그의 움직임을 좇아 공격하고 있었다.

파팡!

서윤의 주먹이 다시 한 번 허공을 때렸다.

진기를 실어 날리는 주먹. 가진 내력을 다 사용하지 않았다
고는 하지만 그 주먹에 실린 위력은 과거에 비할 바가 아니었
다.

'잘못 맞으면 가벼운 내상 정도는 입겠구나. 고얀 놈!'

속으로 중얼거린 신도장천의 다리가 다시 움직였다.

방금 전보다 훨씬 빠른 움직임.

하지만 순간 서윤의 눈이 반짝였다.

'잡았다.'

미리 동선을 알고 있던 것일까.

서윤의 공격을 피한 신도장천의 바로 앞에 서윤이 딱 버티
고 서 있다.

그와 함께 서윤의 전신 근육이 꿈틀거렸고, 뻗어나가는 주
먹에 한껏 내력을 실었다.

휘잉!

그의 몸속에서 바람이 불었다.

신난 것일까.

풍령신공도 서윤의 움직임에 발맞춰 힘을 실어주었다.

기분 좋은 느낌에 서윤의 머릿속으로 순간 '되겠다!' 하는
생각이 스쳐 지나갔다.

꽈릉!

공터를 울리는 굉음.

서윤이 뻗은 주먹을 신도장천이 두 팔을 교차해 막고 있다.

하지만 놀라운 것은 그것이 아니었다.

신도장천이 뒤로 한 걸음 물러나 있는 것이다. 바닥에 선명
하게 찍힌 신도장천의 발자국이 그것을 증명하고 있다.

'아무리 내력을 다 사용하지는 않았다고 하나 이 정도라니.'

신도장천이 속으로 중얼거렸다.

서윤이 마지막에 펼친 초식은 삼 초식인 관풍뇌동.

하지만 풍령신공이 칠단공에 머물고 있는 상태에서 보일 수
있는 위력이 아니었다.

'팔단공인가.'

고작 일각에서 한 식경 사이의 짧은 시간에 펼치는 대련.

무수히 반복해 온 대련을 통해 서윤도 성장한 것이다.

그리고 그것이 쌓이고 쌓여 변덕 심한 바람의 마음도 돌려
놓은 것이리라.

"퉤!"

서윤이 자세를 바로하며 바닥에 침을 뱉었다. 그 속에 피가 섞여 있다.

순간적으로 팔단공에 들어서며 펼친 초식의 위력에 놀란 신도장천이 내력을 끌어올려 막은 탓이다.

제법 반탄력이 심했을 테니 이제 막 팔단공에 들어선 서윤이 그것을 감당하기에 무리가 있었던 것이다.

"괜찮은 게냐?"

"네, 괜찮습니다."

서윤이 입가에 묻은 피를 닦아내며 대답했다.

"손목 좀 내보거라."

신도장천의 말에 서윤이 손목을 내밀었다. 그러자 신도장천이 손을 대고 잠시 서윤의 상태를 살피기 시작했다.

"운기 한번 하고 나면 말짱할 게다."

"예."

"축하한다."

신도장천의 말에 서윤은 무슨 뜻인지 몰라 빤히 그를 바라보았다. 그에 신도장천이 뒷짐을 진 채 발걸음을 옮기며 말했다.

"운기해 보면 알 게다."

그 말에 잠시 멍하니 서 있는 서윤의 얼굴에는 혹시 하는 표정이 떠올랐다.

그러다가 퍼뜩 정신을 차리고 곧바로 주저앉아 운기를 해

본 서윤은 하단전에 있는 진기의 양이 늘었다는 것을 알았다.

단순히 양이 늘어난 것뿐만 아니라 진기의 흐름 역시 굉장히 활발했다.

마치 신도장천과의 대련 마지막에 느낀 것처럼.

서윤은 뭔가 허탈했다.

물론 신도장천과의 대련도 수련이지만 이렇게 예상하지도 못한 상황에서 팔단공에 접어들 줄은 꿈에도 생각지 못했다.

서윤은 조금 허탈하긴 했지만 풍절비룡권의 후반 이 초식을 배울 수 있게 되었다는 사실에 만족하며 마음을 달랬다.

풍절비룡권 후반 이 초식은 초식이라기보다는 각각이 하나의 식에 가까웠다.

이는 후반 이 초식은 일정한 투로가 있는 것이 아닌, 내기를 밖으로 분출해 내는 발경에 기반을 두고 있기 때문이었다.

내력의 깊이와 깨달음, 그리고 상단전의 단련 여부에 따라 단순히 권기가 될 수도 있고 권강이 될 수도 있었다.

그 때문에 신도장천은 서윤에게 후반 이 초식을 따로 전수하지 않았다.

지금까지는 실질적인 권법 수련과 대련을 통한 수련을 이어 왔다면 지금부터는 풍령신공의 수련과 오의 전수에 더욱 시간을 쏟았다.

혈기 왕성한 나이인 서윤에게는 다소 따분할 수 있었다.

그러나 신도장천으로부터 듣는 후반 이 초식에 대한 오의
는 서윤에게 신세계였다.

처음 권법을 배울 때의 기분, 그리고 풍령신공 일단공에 들
었을 때의 그 기분.

그런 새로운 기분을 오래간만에 느끼고 있는 서윤이었다.

"흐읍!"

서윤이 짧게 숨을 들이마시며 주먹을 뻗었다.

그에 풍령신공의 진기가 반응하며 작은 파공음을 만들어내
었다.

바닥을 쓸어가는 다리와 허공을 격하는 주먹이 제법 자연
스럽게 맞물리며 그럴싸한 그림을 그려내고 있었다.

서윤은 매일 밤 이렇게 풍절비룡권을 수련했다. 그래야 하
루 종일 신도장천으로부터 오의 전수를 받느라 아픈 머리를
식힐 수 있었다.

이제 곧 여름이 다가올 시점이라 그런지 얼마 전까지의 쌀
쌀함은 없었다.

그래서일까, 서윤의 몸에서 제법 땀이 나기 시작했다.

주먹을 뻗을 때마다 팔에 달라붙어 있던 땀이 허공으로 튕
겨 나갔다.

진지하게 뻗어내는 주먹과 바삐 움직이는 다리, 그리고 진
지하고 날카롭게 뿜어져 나오는 눈빛.

마치 가상의 적을 앞에 두고 생사를 건 싸움을 하는 듯한 모습이다.

　그런 서윤을 먼발치에서 바라보고 있는 신도장천의 눈빛은 담담했다.

　지금까지는 상대적으로 빠르게 성장해 왔지만 이후의 수련은 전혀 달랐다.

　노력으로는 되지 않는 부분.

　어느 정도 운도 따라주어야 더 높은 경지에 도달할 수 있었다.

　'재능은 충분히 오를 만한 그릇이지만… 결국 시간 싸움이겠지.'

　얼마나 빨리 오르느냐, 오르지 못하느냐의 싸움.

　신도장천도 이미 한 차례 겪은 일이다.

　풍령신공 팔단공에 들고 후반 이 초식의 오의를 깨닫기까지 걸린 시간이 무려 이십 년.

　물론 후반 이 초식을 익히지 않은 상태에서도 신도장천은 권왕이라는 칭호를 얻을 만큼 재능이 대단했다.

　그리고 지금 자신에게 무공을 전수받고 있는 서윤은 자신의 재능을 뛰어넘고 있었다.

　지금까지의 성장을 놓고 보자면 서윤이 오 년 이상은 빠른 성장세를 보였다.

　"윤이가 나도 얻지 못한 극의(極意)에 다다를 수 있을까?"

작은 목소리로 중얼거린 신도장천은 서윤의 수련을 방해하지 않기 위해 조용히 몸을 돌려 처소로 돌아갔다.

다음 날.

점심 식사를 마친 신도장천은 반 시진 정도 쉬었다가 서윤을 불렀다.

평상에 앉아 지금까지 신도장천에게 들은 이야기를 되뇌고 있던 서윤은 그의 부름에 서둘러 안으로 들어갔다.

"힘든 건 알지만 얼굴에 싫은 티가 너무 나는구나."

신도장천이 안으로 들어오는 서윤의 표정을 보며 장난 섞인 목소리로 말했다.

그러자 서윤이 살짝 미소를 지으며 그의 맞은편에 앉았다.

"사실 지금까지 네게 풍절비룡권의 오의에 대해 실마리는 다 던져 주었다. 이렇게 마주 앉아 네게 무언가를 주입하듯 해줄 이야기는 더 없다는 뜻이지."

신도장천의 말에 서윤은 가만히 고개를 끄덕였다. 서윤 자신도 어렴풋이 그런 것을 느끼고 있었기 때문이다.

최근 들어 밤에 풍절비룡권 수련할 때를 제외하고는 신도장천의 이야기를 곱씹는 시간이 늘어난 것도 그런 이유 때문이다.

"사실……."

서윤이 조심스럽게 입을 열었다. 하지만 말을 잇지 못하고 머뭇거리는 모습을 보이자 신도장천이 부드러운 어조로 말했다.

"괜찮다. 얘기해 보거라."

"사실 근본적인 부분에 대한 생각이 많아졌습니다."

"근본적인 부분?"

"예."

서윤의 이야기에 신도장천이 흥미롭다는 듯 귀를 기울였다.

"풍절비룡권의 오의를 깨닫는 것이 먼저인가, 그 기반이 되는 풍령신공에 대한 공부가 먼저인가 하는 점입니다."

"당연히 풍령신공에 대한 공부가 먼저이지. 언제나 근간이 되는 것이 튼튼해야 하는 법이니라."

신도장천의 말에 서윤이 고개를 끄덕였다. 그리고 자신의 생각을 이어 얘기했다.

"저도 그렇게 생각했습니다. 그렇다면 풍령신공에 대한 공부는 무(武)에 근간한 것인지 아니면 자연에 근간을 둔 것인지에 대한 고민이 컸습니다."

서윤의 말에 신도장천은 아무런 말도 하지 않았다. 계속해 보라는 의미다.

"할아버지께서 알려주신 풍절비룡권의 오의에는 풍령신공에 대한 공부도 포함이 되어 있습니다. 아니, 풍령신공에 대한 공부가 전부라고 해도 될 겁니다. 하지만 그것은 어디까지나 무학에 기반을 둔 것일 뿐, 자연에 기반을 둔 것은 아니었습니다."

거기까지 말한 서윤은 한 차례 숨을 고른 후 말을 이어나
갔다.

"처음 풍령신공을 배울 때 할아버지는 무공이나 내기와 같
은 표현을 쓰지 않으셨습니다. '바람'이라고 표현하셨죠. 하지
만 후반 이 초식에 대한 오의를 알려 주실 때에는 '바람'이라
는 표현을 거의 쓰지 않으셨습니다."

서윤의 말에 신도장천은 충격을 받았다.

분명 서윤에게 처음 풍령신공을 가르칠 때 '권법과 심법 모
두 바람의 기운에 근간을 둔다'고 했다.

그 이후에도 계속해서 '바람'이라 칭한 것은 서윤의 이해를
돕기 위해서였다.

그리고 시간이 지난 지금은 오로지 서윤이 풍령신공과 풍
절비룡권을 '무공'으로 인식하고 받아들이고 있을 것이라 생각
했다.

자신도 그랬으니까.

하지만 아니었다. 서윤은 풍절비룡권과 풍령신공을 권법과
심법이 아닌 '바람'으로 인식하며 수련을 해오고 있었던 것이
다.

'그랬기 때문에 빠를 수 있던 것일까?'

그렇게 생각한 신도장천이 천천히 입을 열었다.

"그래, 네 생각도 일리가 있구나. 풍절비룡권의 근간은 풍령

신공이고 그 두 가지 무공의 근간은 바람이다. 바람에 대한
고민, 그것이 제일 중요하겠구나."

신도장천의 말에 서윤의 표정이 밝아졌다.

사실 방금 전 서윤이 한 말은 지금까지 신도장천이 자신에
게 알려준 오의가 잘못되었다는 식으로 비춰질 수 있는 부분
이기 때문이다.

그런 생각을 해오면서 마음이 무거웠는데 신도장천의 이야
기를 듣고 나니 한결 마음이 가벼워진 것이다.

"하지만."

신도장천이 다시 입을 열자 서윤의 표정이 다시 굳었다.

"네 말처럼 두 무공의 근간은 바람이다. 바람은 곧 자연이
지. 자연에 대한 고민과 자연을 통해 깨달음을 얻는 것은 무
학을 파고드는 것보다 훨씬 어려운 길이다. 어쩌면 네가 평생
을 가도 얻지 못할 수도 있다는 뜻이다. 하지만 그 어려움을
극복하고 무언가를 깨닫는다면 그땐 나를 뛰어넘을 수 있을
게다."

신도장천의 말에 서윤은 놀란 표정으로 그를 바라보았다.

신도장천을 뛰어넘는다.

한 번도 생각해 본 적이 없는 일이다.

그의 경지를 따라잡는 것조차 생각해 본 적이 없다.

그런데 신도장천은 그 이상의 것을 이야기했다.

아직은 무공 수련 이외에 무림이라는 세상도 생각해 본 적

이 없다. 뜻이 없다기보다는 모르니 생각할 수 없었다.

서윤은 예전에 설궁도가 장갑을 선물할 때 한 이야기를 떠올렸다.

"뭐, 종조부님께서 그렇게 하셨듯이 자네도 이 장갑과 함께 중원에 이름 석 자, 아니, 두 자 남기는 것도 좋을 것이고."

그때는 선물 받은 장갑에 정신이 팔려 한 귀로 듣고 한 귀로 흘린 말이다.

하지만 지금 생각해 보니 설궁도 역시 서윤에게 무림이라는 더 넓은 세상을 이야기한 것이나 마찬가지였다.

서윤은 새삼 무공 수련이라는 것이 가지고 있는 의미의 무게가 더 무겁게 느껴졌다.

힘을 얻는다는 것, 그리고 그 힘을 가진 자가 살아가는 세상.

늦게나마 서윤은 그 세상 안에 자신이 살아가고 있음을 느꼈다.

갑자기 부담감이 몰려왔다.

하지만 그와 함께 가슴속에서 끓어오르는 무언가도 함께 느낄 수 있었다.

서윤을 바라보는 신도장천의 눈빛에는 복잡한 감정이 떠올라 있다.

어차피 무공을 익히게 된 이상 무림이라는 세상에서 살아가는 건 어쩔 수 없는 숙명과도 같은 것이다.

하지만 이미 한 차례 아픔을 겪은 서윤이 무림이라는 혹독한 세상에서 살아가다가 더 큰 상처를 받는 것은 원치 않았다.

그러나 그것은 자신의 의지로 되는 일이 아니었다.

앞으로 서윤의 운명이 어떻게 흘러갈지 걱정이 앞서는 신도장천이었다.

* * *

이제부터는 자신과의 싸움이었다.

서윤은 하루 종일 운기를 하거나 신도장천과 이야기한 풍령신공의 근간에 대한 고민에 빠져 있었다.

하지만 깨달음이라는 것이 몇 날 며칠 주저앉아 고민한다고 쉽게 얻을 수 있는 것이 아니었다.

그렇게 시간이 흘러 여름이 지나가고 가을이 성큼 다가오고 있다.

제법 시원해진 바람이 살랑대는 어느 날.

신도장천을 찾아온 이가 있었다.

바로 무림맹주 종리혁과 군사 제갈공이었다.

신도장천이 정식으로 무림맹에 속한 사람은 아니라고 하나

맹주의 지위라면 신도장천을 무림맹으로 청할 수도 있었다.

그럼에도 불구하고 다른 수행원 없이 두 사람만 신도장천을 찾았다는 것은 그 사안이 무거운 것이라는 방증이다.

"그간 별일 없으셨습니까?"

"그럭저럭 잘 지냈다네. 그래, 맹주와 군사가 여기까진 어인 일인가?"

신도장천의 물음에 종리혁이 제갈공에게 슬쩍 고개를 끄덕였다. 그러자 제갈공이 품에서 조심스럽게 서찰 하나와 무언가를 꺼냈다.

제갈공이 서찰과 함께 꺼낸 물건을 본 신도장천의 눈빛이 심하게 흔들렸다.

"이건……."

"무엇인지 아시겠습니까?"

"알다마다."

그렇게 대답한 신도장천이 조심스럽게 그것을 집어 들었다. 그가 집어 든 것은 다름 아닌 설백이 항상 차고 다니던 팔찌였다.

손녀딸이 만들어준 것이라며 그렇게 애지중지하던 설백의 모습이 아직도 눈에 선했다.

그런데 지금 눈앞에는 팔찌만 있을 뿐 설백은 없었다.

"누가 보낸 것인가?"

"서찰을 읽어보십시오."

종리혁의 목소리가 무겁게 가라앉았다. 그에 신도장천도 굳은 표정으로 서찰을 집어 들었다.

짧은 내용이 적힌 서찰을 읽어 내려가는 신도장천의 몸이 부들부들 떨리기 시작했다.

촤아악!

"감히!"

신도장천이 서찰을 찢으며 분노를 터뜨렸다.

그가 이 정도로 분노를 터뜨리는 모습을 처음 보는 종리혁과 제갈공은 그의 몸에서 뿜어져 나오는 거대한 기운을 감당키 어려웠다.

"설백의 손을 잘랐다고!"

자신의 기억대로라면 팔찌는 설백의 오른 손목에 묶여 있었다. 그렇다는 이야기는 오른손을 잘랐다는 뜻.

검을 쥐는 손이 잘린 이상 검객으로서 설백의 운명은 끝이라 할 수 있다.

한참 분노를 뿜어내던 신도장천은 앞에 앉아 창백한 얼굴을 하고 있는 종리혁과 제갈공의 모습을 보며 겨우 분노를 누그러뜨렸다.

"후……."

신도장천이 깊은 한숨을 내쉬었다.

그리고는 잠시 눈을 감은 채 마음을 다스리고는 물었다.

"날짜와 장소가 어떻게 된다고?"

"두 달 뒤 운남 애뇌산(哀牢山) 부근입니다."

겨우 숨을 고른 종리혁이 답했다. 그에 눈을 뜬 신도장천이 입을 열었다.

"나 혼자 오라고 했단 말이지?"

"예, 하지만 굳이 혼자 가실 이유는 없습니다."

종리혁의 말에 신도장천이 고개를 저었다.

"보름 뒤 운남으로 떠날 것이다. 홀로 갈 것이니 맹주는 맹으로 돌아가 만약의 사태에 대비하시게. 그리고 대륙상단에 그에 맞춰 마차 한 대만 보내달라고 하게."

신도장천의 말에 종리혁과 제갈공은 놀란 표정을 지었다.

만약의 사태에 대비하라는 말.

그것은 곧 자신이 패했을 때를 의미한다.

노파심에 그런 이야기를 할 수도 있겠지만 신도장천의 표정과 목소리에서는 조금의 가벼움도 찾아볼 수 없었다.

종리혁과 제갈공은 마른침을 삼켰다.

그리고 신도장천은 서찰에 쓰여 있던 내용 중 두 줄을 곱씹었다.

'설백의 손을 잘랐다. 준비는 모두 끝났다.'

종리혁과 제갈공이 돌아가고 그날 저녁, 신도장천은 굳은 표정으로 서윤을 불러 앉혔다.

평소보다 더 진중한 모습의 신도장천을 보며 서윤도 덩달아 진지하게 그의 앞에 앉았다.

"어디를 좀 다녀와야 할 것 같구나."

"멀리 가시는 모양입니다."

분위기가 진지하자 서윤의 말투도 덩달아 진지해졌다.

"그래야 할 듯하구나. 나이도 있으니 혼자 지낼 걱정을 하지는 않는다만 그래도 이왕이면 대륙상단에 가 있는 게 좋겠다."

"그렇게 하겠습니다."

신도장천의 말에 서윤은 순순히 그러겠노라 답했다.

"보름 뒤에 떠날 것이다. 대륙상단에 기별을 넣어두었으니 지난번처럼 마차가 올 게야. 챙길 것이 많지는 않겠지만 채비를 해두거라."

"예."

서윤이 굳은 표정으로 대답했다.

어느 때보다 진지한 신도장천의 모습.

그 모습을 보며 조금은 불안했지만 이내 마음을 다잡으며 고개를 끄덕이는 서윤이다.

약간의 불안감이 감돌기는 했지만 보름이라는 시간은 별일 없이 지나갔다.

다만 한 가지 다른 점이 있다면 신도장천이 집 안에서 빈

책자에 무언가를 적는 시간이 많아졌다는 점이다.

밤낮을 가리지 않고 무언가를 적어 내려가는 그의 표정이 너무나 진지한 탓에 서윤은 무슨 내용인지 묻고 싶은 것도 참고 보름을 보냈다.

신도장천이 얘기한 보름째 되는 날, 그의 말대로 대륙상단에서 마차 한 대가 도착했다.

마차에서 내린 사람은 설군우과 설궁도였다.

마차에서 내리는 두 사람의 표정은 썩 밝지 않았다.

하지만 서윤의 얼굴을 본 설궁도가 이내 표정을 바꿔 환하게 웃으며 다가왔다.

"아우, 잘 지냈나? 장갑은 잘 쓰고 있지?"

"예. 형님도 잘 지내셨습니까?"

"나야 항상 잘 지내지. 하하! 여기도 참 오랜만에 와보는구만."

그렇게 말하며 설궁도가 주변을 두리번거렸다. 그러는 사이 설군우는 신도장천에게 다가갔다.

"숙부님."

"그래."

설군우의 부름에 신도장천은 짧게 답했다. 말을 길게 하지 않아도 설군우의 심정이 어떨지 짐작이 가고도 남았다.

대륙상단에서 이곳까지의 거리를 생각했을 때 보름을 쉬지 않고 달려왔으리라.

"윤이를 잘 부탁한다."

"윤이는 걱정 마십시오. 그보다 숙부님도 조심하셔야 합니다."

"그래야지."

신도장천이 설궁도와 이야기를 나누고 있는 서윤을 바라보며 담담하게 대답했다.

설군우는 걱정이 컸다.

신도장천의 실력이 뛰어나다는 것은 누구보다 잘 알고 있지만 적은, 아니, 적들은 부친인 검왕 설백도 당해내지 못한 존재들이다.

게다가 십여 년 전 정마대전 당시에도 신도장천의 목숨이 위태로울 정도가 아니었던가.

"나중에 이걸 윤이에게 전해주게."

신도장천이 서책 하나를 설군우에게 건네며 말했다. 그것을 받아 든 설군우의 눈빛이 심하게 흔들렸다.

"출발하지."

그렇게 말한 신도장천이 먼저 마차 쪽으로 발걸음을 옮겼다. 그러자 설궁도와 서윤도 서둘러 마차에 올랐다.

네 사람이 탄 마차는 빠르게 달려 마을을 벗어났다.

그렇게 반나절 정도 지나 날이 어둑해질 무렵, 마차는 인근에서 제법 큰 현(縣)에 도착했다.

현 초입에 도착한 마차가 객잔 앞에 멈춰 섰다.

불과 이 각 정도 지난 사이에 날은 제법 어두워져 있었다.

마차가 멈춰 서자 네 사람이 차례로 마차에서 내렸다. 제법 오랜 시간 흔들리는 마차를 타고 이동한 탓에 서윤과 설궁도는 내리자마자 기지개부터 켰다.

"오늘은 일단 여기서 묵어가시지요."

설군우의 말에 서윤과 설궁도가 먼저 객잔 쪽으로 발걸음을 옮겼다. 하지만 신도장천은 내려선 그 자리에서 움직이지 않았다.

"난 곧장 움직여야겠구나."

"예?"

신도장천의 말에 서윤과 설궁도가 들어가려던 발걸음을 멈추었다. 시간이 많이 늦은 터라 당연히 신도장천도 하루 묵을 것이라 생각한 일행은 무슨 소리냐는 듯 그를 바라보았다.

"시간을 지체할 여유가 없구나."

"할아버지."

신도장천의 말에 서윤이 다가왔다. 서윤의 얼굴에는 불안감이 잔뜩 묻어 있다.

보름 전 두 사람이 왔다 간 이후 계속해서 신도장천의 분위기가 무거웠기에 뭔가 중요한 일이 생겼다는 것은 짐작하고 있었다.

하지만 이렇게 바로 떠날 정도로 급박한 일이라면 굉장히 중요하거나 위험한 일일 것이라는 예감이 든 탓에 더욱 불안했다.

"걱정 말거라. 일정이 촉박하여 그러는 것이니."

"그래도……."

자신을 다독거리는 신도장천의 말에 서윤의 목소리가 가라앉았다.

"다들 기다린다. 얼른 들어가거라. 내 걱정은 말고."

"…조심하세요."

"그래."

서윤의 말에 신도장천이 미소를 지으며 그의 어깨를 다독여 주었다. 그러고는 몸을 돌려 현 바깥쪽으로 발걸음을 옮겼다.

서윤은 말없이 멀어지는 신도장천의 뒷모습을 보았다. 한 번이라도 더 부르고 싶은 마음이 굴뚝같았지만 차마 입이 떨어지지 않았다.

그리고 잠시 후, 신도장천이 어둠 속으로 완전히 자취를 감추었다.

그럼에도 발걸음을 떼지 못하고 서 있는 서윤에게 설군우가 다가왔다.

"숙부님은 괜찮으실 게다. 너무 걱정 말거라."

설군우 본인도 걱정이 컸지만 그래도 서윤을 다독이기 위해 최대한 덤덤하게 말했다.

마음 같아서는 중원에 저분을 해할 수 있는 사람은 없다고,

권왕 신도장천은 천하무적이라고 말해주고 싶었지만 그러지
못했다.

그렇게 세 사람은 불안과 걱정을 마음 가득 안고 하룻밤을
보냈다.

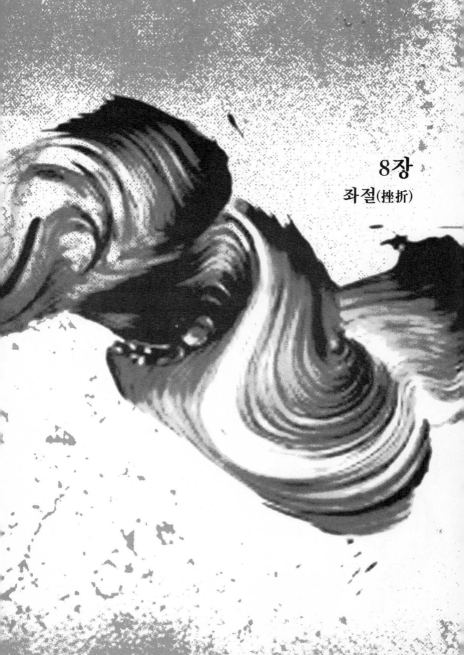

8장
좌절(挫折)

風神徐潤

풍신서윤

정오의 햇볕이 내리쬐는 장원.

거대한 저택까지는 아니지만 그래도 제법 호화스런 장원이다.

잘 가꾸어진 정원과 깨끗한 외관을 보면 누군가가 꾸준히 관리를 해온 것 같은데 정작 돌아다니는 사람의 모습은 보이지 않았다.

정원 한쪽에 있는 자그마한 호수에는 정자가 하나 있다.

풍류를 아는 사람이 봤다면 정자에 앉아 아름다운 정원을 보며 옥소 한 가락 불고 싶을 정도로 한 폭의 그림과 같은 모습이다.

스윽.

아무도 없던 정자에 누군가가 불쑥 나타났다.

말 그대로 어디서 솟은 것처럼 갑자기 정자에 모습을 드러낸 사내는 원래 그 자리에 있던 것처럼 뒷짐을 진 채 호수를 바라보았다.

얼마를 서 있었을까.

시비로 보이는 여인이 차를 가지고 사내에게 다가갔다.

그녀가 정자에 도착해 찻잔을 한쪽에 내려놓고 차를 따를 때까지 사내는 돌아보지 않았다.

"신도장천은?"

"기일에 맞춰 도착할 듯합니다. 운남에 들어섰다는 전갈이 있었고요."

사내의 목소리는 낮고 굵었으며 여인은 맑은 미성이었다. 여인의 대답에 사내가 몸을 돌렸다.

드러난 사내의 얼굴을 한마디로 표현하자면 미공자였다.

사내답게 선이 굵은 것은 아니었지만 피부가 곱고 전체적으로 예쁘장하게 생긴 얼굴이다.

여장을 하고 돌아다닌다 해도 제법 사내가 따를 법한 이목구비였다.

"그렇군. 저들의 움직임은 어떤가?"

사내가 찻잔을 받아 들며 물었다.

"별다른 움직임은 포착되지 않습니다만, 물밑에서는 준비가 한창일 겁니다."

"그렇겠지. 그래야 하고."

사내의 말에 여인의 얼굴에 언뜻 걱정스러움이 스쳐 지나
갔다.

"쉽지 않을 것입니다."

"세상에 쉬운 일은 없지. 특히 마도(魔道)와 정도(正道)의 관
계에서는 더더욱."

"십 년 전보다 더한 피를 볼 수 있습니다."

"더 보겠지. 하지만 그럼에도 우리는 다른 결과를 만들어낼
힘이 있다. 그때는 준비가 미흡했어. 성급했지. 뭐, 당시의 마
교주는 준비가 다 되었다고 생각했겠지만."

그렇게 말한 사내가 차를 한 모금 마셨다. 그러고는 다시
몸을 돌려 호수를 바라보았다.

"그쪽의 일은?"

"준비가 다 된 상태입니다."

"좋군."

"하지만 그들은 믿을 수 없는 자들입니다."

"세상에 믿을 수 있는 무리는 없어. 길게 산 것은 아니지만
지금까지 살아오면서 내가 보고 느낀 세상은 그렇다."

"그럼 어째서 그들을 끌어들이셨습니까?"

여인의 물음에 사내가 고개를 들어 떠 있는 태양을 바라보
며 대답했다.

"저 태양 아래 우뚝 서기 위해서다."

그렇게 말하는 사내의 목소리에는 힘이 있었다.

*　　　*　　　*

애뇌산은 운남의 명산 중 하나이다.

산세가 험하고 계곡은 깊으며 봉우리는 하늘을 찌를 듯 높아 그 기세가 험준하면서도 영험했다.

영험한 기운이 사방으로 뻗어나가지만 워낙 산세가 험해 일가(一家)가 자리 잡기 어려웠다.

그것이 산적이든 문파든.

그나마도 산의 기운을 받고 싶어 찾는 자들도 산의 초입까지만 발걸음을 디딜 뿐이었다.

더 깊이 들어가면 운남 특유의 밀림이 펼쳐지며 언제 어디서 맹수와 독사가 튀어나와 생명을 앗아갈지 모르기 때문이다.

그런 애뇌산과 가까운 곳에 제법 넓은 평지가 있다.

숲과 나무가 없는 것은 아니지만 밀림이 넓게 펼쳐진 운남에서 이 정도 평지를 찾는 것은 쉬운 일이 아니었다.

그런 곳에 노인 한 명이 나타났다.

얼마 전 서윤 일행과 길을 달리하여 운남으로 향한 신도장천이었다.

숲을 헤치고 발걸음을 내딛는 그의 얼굴에는 표정이 드러나 있지 않았다.

분노하지도, 그렇다고 긴장하지도 않은 모습이다.

신도장천의 시선이 어느 한곳에 고정되었다.

그리고 그곳에서 두 명이 모습을 드러냈다.

한 명의 사내와 한 명의 여인.

상대가 둘이었지만 신도장천은 크게 신경 쓰지 않는 모습이다.

아니, 정확히 말하면 여인은 없는 사람 취급하고 있었다.

그의 시선은 오로지 자신을 향해 똑바로 걸어오고 있는 사내에게 고정되어 있었다.

"역시 권왕은 대담하군."

"친우의 소식을 들었는데 어찌 오지 않을 수 있겠나?"

사내와 신도장천은 아무렇지도 않게 한 마디씩 주고받았다. 목소리에 날이 서 있지는 않았지만 서로가 서로에게 보이는 적의(敵意)만큼은 분명하게 풍기고 있었다.

"설백은 어디 있는가?"

"날 꺾는다면 고이 보낼 것이오. 오른손을 제외하고 다른 곳은 멀쩡하니까."

신도장천은 사내의 말을 믿지 않았다. 지금까지 그를 데리고 있었다면 적어도 내공을 쓸 수 없는 상태가 되어 있으리라.

"십 년 사이에 많이 늙은 모습을 보니 가슴이 아프군."

사내의 말에 신도장천은 대답 대신 주먹을 쥐었다. 더 이상 말을 섞을 필요성을 느끼지 못한 탓이다.

"그땐 이리 성미가 급하진 않았는데."

그렇게 말하며 사내가 검을 뽑았다.

천마검.

십 년 전 신도장천을 죽음 직전까지 몰고 간 자.

그자가 다시 신도장천의 앞에 서 있다.

*　　　　*　　　　*

대륙상단에 도착한 후 서윤은 불안한 마음에 편히 생활하지 못했다.

잠을 자려고 누워도 뒤척이고 맛있는 음식을 앞에 두고도 입맛이 돌지 않아 조금 먹고 말았다.

그런 서윤의 모습을 보며 설군우와 설궁도는 진심으로 안타까워했다.

서윤도 어린 나이가 아닌 만큼 돌아가는 분위기만으로도 신도장천이 위험한 길을 떠났다는 것을 짐작하고 있다는 사실을 알고 있었기에 말 한마디 하는 것도 조심스러웠다.

그래도 살갑게 지내는 설궁도가 서윤의 마음을 편히 풀어주기 위해 많은 노력을 했지만 그것이 쉽지는 않았다.

대륙상단에 도착한 후 그리 지내던 서윤도 시간이 지나면서 최대한 밝은 모습을 보이려 노력했다. 손님인 자신 때문에 상단 주인인 설군우를 비롯해 상단 전체의 분위기가 무거워지는 것 같았기 때문이다.

안 되겠다 싶었을까, 어느 날 서윤이 설시연을 찾아갔다.

겉으로 내색은 안 했지만 그녀 역시 서윤을 안타깝게 바라보고 있던 차라 그의 방문을 반갑게 맞았다.

하지만 서윤은 담소나 나누기 위해 그녀를 찾은 것이 아니었다.

"며칠 조용히 혼자 무공 수련을 할 만한 장소가 있습니까?"

"있어요. 따라오세요."

서윤의 물음에 설시연이 서윤을 데리고 어디론가 향했다. 설백이 설시연에게 무공을 가르칠 때 사용하던 연공실이었다.

상단 내에서도 가장 깊숙하고 외진 곳에 자리하고 있기에 사람들의 눈치를 볼 일도 없었다.

"고맙습니다."

"고맙긴요."

그렇게 두 사람의 짧은 대화가 끝났다. 분위기가 밝을 때에도 설시연과 길게 대화를 못 끌어가던 서윤인데 분위기가 가라앉아 있으니 더욱 그러했다.

"필요한 게 있으면 얼마든지 부탁해요."

"알겠습니다."

서윤의 대답을 들은 설시연이 아쉬운 마음을 뒤로하고 자리를 비켜 주었다.

그 시각, 신도장천은 사내와 마주하고 있었다.

호남성 형산 인근의 무림맹.

그곳으로 각 파와 세가의 장문인들이 속속 모여들고 있었다.

이미 설백의 팔찌와 함께 서찰이 전달된 직후 소집령을 내려 대부분의 장문인과 가주들은 무림맹에 모여 있었다.

다만 운남의 점창파의 경우 직접적으로 일이 벌어지는 곳에 있는 만큼 장문인인 곽초는 만약에라도 신도장천이 패하는 경우에 대비하고자 문파에 남아있었다.

그런 일이 벌어졌을 때 해야 할 지침에 대해서는 이미 제갈공이 전서구를 통해 전달한 상태였다.

회의청에 모인 문주, 가주들의 표정이 굳어 있다.

검왕에 대한 소식도 들었고 신도장천이 혈혈단신으로 나섰다는 이야기도 들었다.

사태의 심각성뿐만 아니라 검왕과 권왕, 무림이왕의 소식이 문주들과 가주들의 마음을 무겁게 만들고 있었다.

"그럴 리 없겠지만, 그리고 그래서도 안 되지만 권왕 선배가 패한다면… 십 년 전의 정마대전이 다시 발발할 것입니다. 그에 대한 대비책을 논의하고자 합니다."

무거운 분위기를 뚫고 종리혁이 입을 열었다.

"우리 청성은 일단 운남으로 출발했소이다. 십 년이 지났지만 지난 정마대전에서 입은 피해를 점창이 쉬이 회복하기는 어려웠을 것 같아서 말이오."

청성파 장문인인 냉추엽(冷秋葉)이 말했다. 그러자 아미파의 장문인인 혜진(慧盡)신니 역시 고개를 끄덕이며 거들었다.

"저희 아미도 정에 삼백을 운남으로 보냈어요. 숫자는 상대적으로 적어도 큰 힘이 될 거라 자신합니다."

청성과 아미는 지난 정마대전 발발 당시 제때 점창을 지원하지 못한 점에 대한 미안함을 가장 크게 가지고 있는 문파였다.

같은 사천에 있는 청성과 아미가 그렇게 나오자 사천에서 가장 큰 가문인 사천당가의 가주인 당호엽(唐豪曄)이 미안한 표정을 지었다.

"당 가주께서는 개의치 마십시오. 사천을 위해서라도 세 곳 중 한 곳은 남는 것이 좋습니다. 게다가 아직 마무리되지 않은 일도 있지 않습니까?"

"이해해 주니 고맙소이다."

종리혁의 말에 당호엽이 그제야 미소를 지으며 말했다.

"마무리되지 않은 일이라니요?"

냉추엽의 물음에 다른 사람들 역시 당호엽을 바라보았다. 그에 당호엽이 손사래를 치며 답했다.

"거창하게 이야기할 건 아닙니다. 계속해서 연구해 오던 독이 하나 있는데 거의 완성 단계에 있습니다. 시간이 조금만 더 있었으면 저들이 운남에 있을 본거지에서 나오지 못하게 발을 묶어둘 수도 있었는데 아쉽습니다."

당호엽의 말에 여기저기서 축하의 말을 건넸다. 과거 독으로 중원에 명성을 드높인 만독문도 결국 사천당가에는 미치지 못했다.

그런 당가에서 연구해 완성 단계에 있는 독이라면 그 위력은 지독할 것이오, 중원을 적으로부터 지켜내는 데에는 더없이 좋은 일이라 할 수 있었다.

한 가지 아쉬운 점이라면 아직 완성하지 못한 상태에서 적이 모습을 드러내기 시작했다는 점이다.

"그자가 말한 날짜가 오늘입니다. 아마 지금쯤이면 권왕 선배와 마주하고 있을지도 모를 일입니다. 만약의 사태에 대비해 각 문파에서는 비상 태세에 들어가 주시고 연락망을 공고히 해주십시오."

제갈공의 말에 문주들과 가주들이 고개를 끄덕였다.

"사태가 어떻게 흘러갈지 두고 봐야 하겠지만 아직은 지난 정마대전과 같은 수준의 위험은 아닌 것으로 판단하여 각 상황에 대한 판단은 문주님들과 가주님들께 맡기도록 하겠습니다. 하지만 그 이후 상황이 더 위험해지면 명령 하달 체계를 무림맹으로 일원화하겠습니다."

"더 위험한 상황이라면 어떤 상황을 말하는 것이오?"

곽초의 물음에 제갈공이 얼굴을 굳히며 말했다.

"권왕 선배가 패하고 운남과 사천까지 위험해지는 그 순간을 말함입니다. 일단 무림맹에서는 대문파가 없는 귀주성 쪽으로 병력을 파견해 대기토록 하겠습니다. 더 이상 지난번과 같이 저들이 중원을 짓밟지 못하도록 해야 할 것입니다."

제갈공의 목소리에는 단호함이 묻어 있었다.

지난 십 년의 세월을 대변하듯 깊어진 주름이 그의 결의를 대변하기라도 하듯 꿈틀거렸다.

*   *   *

바람이 불었다.

그에 주변의 나무와 풀이 어지럽게 고개를 흔들었다.

신도장천의 머리카락 역시 바람에 나부끼듯 흔들거렸고 질끈 동여맨 사내의 머리카락과 옷자락도 흩날렸다.

하지만 서로를 바라보는 시선만큼은 조금의 흔들림도 없었다.

신도장천의 이마 주름에 맺혀 있던 땀 한 방울이 이마를 타고 흘러내렸다.

이렇게 시원한 바람이 불고 있음에도 신도장천의 이마에 굵은 땀방울이 맺혀 있다.

'허점이 없다.'

눈앞의 사내와 치열하게 기 싸움을 벌이고 있는 신도장천이 속으로 중얼거렸다.

그와 대치하기 시작하면서 신도장천은 수없이 많은 상황을 머릿속에 그리고 있었다.

자신이 가진 모든 초식을 활용해 어떤 식으로든 선공을 취한다 하더라도 막혔다.

검을 들고 있는 자세, 몸에 들어간 힘, 살짝 내디딘 발과 그 거리, 상대의 모든 동작이 자신이 공격을 시작도 하기 전에 무마하고 있었다.

'무학을 위해 태어난 자.'

천재라 불릴 사람이 있다면 눈앞에 있는 사내가 아닐까 하는 생각이 들 정도이다.

어찌 이런 기도를 보일 수 있단 말인가.

사박.

끝 모를 대치가 지겨웠을까.

사내가 먼저 앞으로 내디딘 발을 살짝 앞으로 밀었다.

파앗!

사내가 움직이는 아주 찰나의 순간, 마치 그의 의도를 읽고 있었다는 듯 신도장천의 신형이 앞으로 뻗어나갔다.

극에 오른 쾌풍보.

한 줄기 광풍이 사내를 향해 쏘아져 나갔다.

처음부터 엄청난 속도로 사내를 향해 쏘아져 나간 신도장천의 주먹에는 은은한 기운이 맺혀 있다.

아지랑이처럼 피어오르는 권기(拳氣)가 아닌 또렷한 형상을 지니고 있는 강기(罡氣)였다.

사내의 눈이 번쩍였다.

저 하늘의 태양도 반으로 쪼갤 듯한 기운을 담아 일검을 뿌렸다.

검에 맺힌 묵빛 기운, 그것 역시 강기였다.

신도장천이 펼쳐 낸 건룡초풍의 초식에 맞서는 사내의 초식은 여의제룡검의 사 초식인 강룡천추(降龍天追)였다.

용이 하늘을 향해 비상하듯 사내의 검이 꿈틀거리며 신도장천을 향해 뻗어갔다.

풍령신공의 기운을 한껏 머금은 광풍과 날카로운 이빨을 드러낸 용이 허공에서 충돌했다.

쫘광!

주변을 울리는 강한 폭음.

그 반발력을 뚫고 두 사람은 또 다른 공격을 준비하고 있었다.

쾌풍보를 이용해 빠르게 쏘아져 나간 신도장천은 관풍뇌동의 초식으로 사내를 압박해 갔다.

하지만 사내 역시 추혼보를 이용해 신도장천의 압박에서 벗어났다.

신도장천은 사내를 놓아줄 수 없다는 듯 강풍파운의 초식으로 다시 한 번 공격에 들어갔다.

슈아악!

신도장천의 주먹이 공기를 찢으며 사내의 얼굴을 향해 정면으로 날아갔다.

풍령신공의 기운과 뒤섞인 엄청난 권압이 당장에라도 그의 얼굴을 부숴놓을 듯 강맹하게 쏟아져 나갔다.

그러나 그사이 기운을 끌어올린 사내가 또다시 초식을 펼쳐냈다. 연달아 펼쳐지는 노룡광풍(怒龍狂風)과 뇌룡강림(雷龍降臨)의 초식.

사내가 얼마나 여의제룡검에 능숙한지를 단적으로 보여주는 모습이다.

물 흐르듯 자연스럽게 이어지는 두 개의 초식이 신도장천의 공격을 너무나 쉽게 흩어버렸다.

파악!

그 순간 땅을 박차고 뒤로 물러선 신도장천의 눈빛이 깊게 가라앉았다.

사내가 펼치는 여의제룡검은 설백이 펼치는 것이라 해도 믿을 만큼 능숙하고 위력적이었다.

나이를 감안했을 때 시간만 주어진다면 설백을 능가하는 건 시간문제라 할 수 있었다.

'하나 아직은!'

누구보다 설백의 강함을 잘 알고 있는 사람이 신도장천이기에 비교적 정확한 평가라 할 수 있었다.

하지만 그런 생각이 들수록 신도장천은 불안감이 엄습했다.

이 정도 실력으로 자신을 도발했을 리 없다고 생각했기 때문이다.

게다가 자신과 손을 섞었음에도 사내의 표정에는 일말의 여유마저 보이고 있다.

"그래도 그때보다는 나은 것 같아 다행이오. 싱거우면 어쩌나 했는데."

사내의 말에 신도장천은 인상을 찌푸렸다.

기분이 나빴다거나 분노해서가 아니었다. 자꾸만 고개를 들던 불안감이 현실로 다가오고 있었기 때문이다.

"후읍……."

신도장천은 크게 숨을 들이마셨다. 그와 동시에 풍령신공의 기운이 몸을 돌며 활기를 불어넣어 주었다.

지금 신도장천의 상태는 그 어느 때보다 최상이었다.

적절한 긴장감과 최고의 집중력, 그리고 육체와 정신이 하나 되고 풍령신공의 진기마저 그런 신도장천을 돕고 있었다.

절대 질 것 같지 않은 자신감이 풍겨 나왔다.

"오라. 설백의 무공을 익혔다고, 나이에 비해 공부가 깊다고 하여 불손한 마음을 품은 것을 후회하게 만들어주마."

"후후, 크하하하!"

신도장천의 말에 사내가 대소를 터뜨렸다.

하지만 신도장천은 그 모습을 조금의 흔들림 없는 눈빛으로 바라보았다.

"설백의 무공, 여의제룡검. 물론 뛰어난 검법이지. 하나 내게 그것만 있다고 생각하면 오산이오. 지금부터 보여드리리다, 전혀 다른 차원의 힘을."

그렇게 말하며 사내가 기운을 끌어올렸다.

지금까지와는 다른 강하고 묵직한 기운이 그의 전신으로부터 사방으로 폭사되었다.

신도장천 역시 풍령신공의 기운을 최대한으로 끌어올렸다.

실로 오랜만이라 그럴까.

신도장천의 몸에서 뿜어져 나온 진기가 그 어느 때보다 활발하게 주변을 헤집고 다니기 시작했다.

두 사람의 거대한 진기가 주변을 가득 메운 채 힘 싸움을 시작했다.

어느 한쪽도 일방적으로 밀리지 않는 팽팽함.

그와 함께 두 사람 사이에 흐르는 긴장감도 점차 팽팽해지기 시작했다.

팽창할 대로 팽창한 두 사람의 기운이 허공에서 격하게 충돌하는 순간, 서로를 향한 공격이 펼쳐졌다.

신도장천의 손에서는 풍절비룡권의 마지막 절초인 난마광

풍(亂魔狂風)이, 사내의 검에서는 단룡인(湍龍刃)이 펼쳐졌다.

그 순간 몸 밖으로 뿜어져 나간 두 사람의 기운이 빠르게 몸으로 빨려들어 갔다.

그리고 다음 순간, 두 사람의 주먹과 검을 통해 서로를 향해 맹렬한 기세로 쏘아져 나갔다.

신도장천이 쏘아낸 권강이 마치 청룡과 같았다면 사내가 쏘아낸 검강은 흑룡과 같았다.

두 마리의 용이 서로 승천하기 위해 쟁투를 벌이듯 강하게 충돌했다.

콰콰콰쾅!

강기가 터져 나가며 주변으로 엄청난 후폭풍이 퍼져 나갔다. 하지만 완전히 상쇄되지 않은 두 사람의 기운은 서로를 향해 폭사되었다.

꽈릉! 꽈르릉!

신도장천이 두 번의 주먹을 더 뻗었다.

그의 주먹을 타고 터져 나간 강기가 맹렬한 기세를 뿜어내며 사내를 향해 짓쳐들었다.

하지만 사내 역시 연달아 검을 휘두르며 신도장천의 기운을 베어냈고, 마지막 세 번째 검을 통해 초승달 모양의 시커먼 강기를 쏘아냈다.

여의제룡검 팔초식인 반선룡(返旋龍)이었지만 설백의 검에서는 한 번도 본 적 없는 시커멓고 기분 나쁜 강기를 토해내고 있었다.

신도장천은 이를 악물었다.

자신을 반으로 갈라놓을 듯 쏘아져 오는 강기의 힘을 결코 무시할 수 없었기 때문이다.

"하압!"

신도장천이 일발 기합을 터뜨렸다.

그러고는 내력을 끌어 모아 광풍난무와 난마광풍의 초식을 연달아 펼쳐 냈다.

신도장천은 내력이 훅 빠져나가는 느낌이 들었다.

오랜만에 느껴보는 기분.

그 정도로 풍절비룡권 후반 이 초식을 이렇게나 많이 펼쳐 본 것도 오랜만이라는 뜻이다.

다른 이라면 기합을 할 정도의 강기가 자신을 향해 날아드는 데도 사내는 표정의 변화가 없었다.

마치 그 정도로는 어림없다는 듯 무심한 표정이다.

콰콰쾅!

세 개의 기운이 충돌했다.

마치 포탄이 떨어진 듯 주변이 초토화되었다.

허공으로 흙더미가 비산했고, 주변의 풀은 그 형태를 알아 보지 못할 정도로 잘게 잘려 흩날렸다.

신도장천은 눈앞에 펼쳐진 흙먼지를 긴장한 눈빛으로 쳐다 보았다.

사내와 생사결을 시작하고 처음으로 눈빛이 흔들리고 있다.

상대의 강기가 자신의 강기와 충돌하고도 아직까지 살아남아 흙먼지를 뚫고 자신을 향해 달려들고 있는 까닭이다.

신도장천은 다시 한 번 주먹에 기운을 모았다.

풍령신공이 빠르게 하단전과 중단전에 내력을 모아주고는 있었으나 마지막 초식인 난마광풍을 펼치기에는 역부족이었다.

하지만 선택의 여지가 없었다.

게다가 이미 한 차례 약해진 강기라면 어떻게든 막아낼 수 있을 것이라는 믿음도 있었다.

신도장천은 한껏 끌어 모은 내력을 주먹에 모아 다시 한 번 혼신의 힘을 다해 난마광풍을 펼쳐냈다.

쫘앙!

상대적으로 신도장천과 가까운 곳에서 충돌이 일어났다.

그 여파를 이겨내지 못하고 신도장천이 뒤로 쭉 밀려났다.

울컥!

신도장천은 목구멍으로 피가 올라오는 것을 억지로 참았다.

적을 앞에 두고 피를 쏟는 모습을 보일 수는 없었다.

피 토하는 것은 겨우 참았지만 신도장천의 내부는 말이 아니었다.

풍령신공이 어떻게든 내상을 치유하기 위해 한 줌 내력을 돌리고 있었으나 진기가 움직일 때마다 지독한 통증이 올라왔다.

특히나 몇몇 장기는 이미 그 생명력이 다해 죽어가고 있었다.

산발한 머리카락과 곳곳이 찢겨 나간 옷, 그리고 날카롭게 베인 듯한 상처에서 흐르는 검붉은 피로 얼룩진 그의 외관은 아무것도 아닐 정도로.

하지만 상대는 별다른 내상을 입지 않은 듯 평온한 모습이다.

겨우 두 다리로 버티고 서 있는 신도장천을 잠시 바라보던 사내가 천천히 발걸음을 옮겼다.

마치 지금의 신도장천 정도는 맨손으로도 목숨을 끊을 수 있다는 듯 착검한 상태이다.

천천히 거리를 좁힌 사내가 신도장천의 앞에 섰다.

겨우 버티고 서 있던 신도장천은 숙이고 있던 고개를 억지로 들어 올렸다.

"이렇게 무림이왕의 시대도 끝나는군."

사내의 말에 신도장천은 울컥했다.

패배가 없던 것은 아니나 무공을 익히고 중원에 나선 이후 호쾌하게 질주해 온 그다.

무학에 대한 갈증으로 끊임없이 수련해 왔고, 그 덕에 명성을 얻었으며, 그 명성에 걸맞은 무인이 되기 위해 노력했다.

그렇게 한평생을 살아왔는데 끝이라는 사내의 말을 들으니 알 수 없는 감정이 불쑥 솟아오른 것이다.

"잘 가시오."

한마디 작별 인사를 남긴 사내가 신도장천의 하복부에 장심을 가져다 대었다.

"크헉!"

신도장천이 단말마의 비명을 질렀다.

하단전이 깨지며 찾아온 지독한 통증에 겨우 붙잡고 있던 정신 줄을 놓을 수밖에 없었다.

풀썩.

초인적인 의지로 버티고 서 있던 신도장천의 두 무릎이 꺾였다.

무릎을 꿇은 채 그렇게 신도장천은 생을 마감하고 말았다.

신도장천의 목숨을 손수 거둔 사내가 몸을 돌렸다. 그러고는 천천히 원래 자신이 있던 자리로 발걸음을 옮겼다.

스윽.

사내가 손등으로 입가를 닦았다.

그의 손등에 핏자국이 묻어 있었다.

"괜찮으신가요?"

어디선가 홀연히 사내와 함께 온 여인이 나타났다. 싸움이 시작되고 반경 밖으로 벗어나 있다가 나타난 것이다.

"괜찮다."

"내상을… 입으신 겁니까?"

"권왕 정도 되는 자와 싸웠는데 내상이 하나도 없다면 그것이 이상한 일이지."

그렇게 말한 사내가 여인을 지나쳐 걸었다.

"저들은 그냥 둬도 되겠습니까?"

여인의 말이 끝나기가 무섭게 신도장천의 시신 앞으로 세 명의 사내가 모습을 드러냈다.

이 싸움의 결과를 살피기 위해 무림맹에서 파견된 정보원들이었다.

"놔둬. 그리고 우리 쪽에도 전하도록. 앞으로 석 달간 계획을 미룬다."

"석 달… 입니까?"

"그래, 석 달. 저들에게도 애도할 시간은 줘야지."

"알겠습니다."

사내의 말에 짧게 대답한 여인이 조용히 뒤따르다가 다시 물었다.

"설백은 어떻게 할까요?"

그녀의 물음에 사내가 발걸음을 멈추었다. 그러고는 천천히 고개를 돌려 여인을 바라보는데 그 표정이 굉장히 살벌했다.

표정에 드러난 감정은 분노였다.

"죄송합니다."

여인이 서둘러 고개를 숙였다.

그녀의 모습에 사내가 표정을 풀고 다시 걸으며 말했다.

"돌려보내."

멀어져 가는 사내의 뒤를 여인이 서둘러 따랐다.

이렇게 한 시대를 풍미한 무림이왕의 시대는 막을 내렸다.

＊　　　　＊　　　　＊

본인의 집무실에서 무언가를 기다리고 있는 종리혁의 표정에는 초조한 기색이 역력했다.

신도장천과 사내의 일전이 벌어진 지 이틀이 지났지만 아직까지 소식이 없는 까닭이다.

그렇다 보니 별의별 생각이 머릿속에 다 떠오르는 종리혁이었다.

'살면서 무언가를 이렇게나 기다려 본 적이 있을까?'

아이들이 태어날 때를 제외하고는 없는 것 같다는 생각을 하고 있는 찰나 밖에서 제갈공의 다급한 목소리가 들렸다.

"맹주님!"

종리혁의 대답을 기다리지 않고 문을 열고 들어온 제갈공의 손에 한 장의 서찰이 들려 있다.

제갈공의 얼굴을 확인한 종리혁의 얼굴이 사색이 되었다.

굳이 서찰을 확인하지 않아도 제갈공의 다급한 목소리와

흔들리는 눈빛, 그리고 무엇보다도 슬픔이 가득한 그의 표정만 봐도 알 수 있었다.

"각 문파에 즉시 연락하게, 비상이라고."

종리혁의 목소리에도 슬픔이 묻어 있다.

한 장의 비보가 대륙상단에 전달되었다.

정확히는 설군우의 앞으로 전달된 것이었으나 대륙상단 내에 그 내용을 모르는 이는 없었다.

소문이라는 것은 참으로 빨라서 운남에서 벌어진 일이 벌써 섬서성까지 퍼진 것이다.

설군우가 느끼는 참담함은 이루 말할 수가 없었다.

아버지인 설백이 실종되었을 때 하늘이 무너지는 것 같았다. 하지만 그래도 단 한 명, 신도장천만은 끝까지 설백이 살아 있을 것이라고, 포기하지 말라며 힘이 되어주었다.

그렇게 알게 모르게 아버지처럼 의지하고 살아왔는데 이번에는 신도장천의 죽음을 접하게 되자 세상이 무너지는 것 같았다.

아무것도 할 수 없는 어린아이가 된 기분.

설군우는 순간 아무 생각도 나지 않아 넋이 나간 듯 그저 멍해 있었다.

그렇게 얼마를 있었을까.

백지처럼 하얗게 변해 버린 그의 머릿속에 이름 하나가 떠올랐다.

서윤.

일찍이 부모를 잃고 고아가 된 아이.

서윤에게 가족이라고는 신도장천뿐이다. 뒤늦게 자신들과 만나게 되어 가족처럼 지내고는 있었지만 세상에 남은 사람이라면 신도장천뿐이었다.

그런데 그 남은 가족마저 세상을 떠나고 말았다.

'이 소식을 어떻게 전한단 말인가!'

설군우는 엄두가 나질 않았다.

다행인지 불행인지 서윤은 상단 내 외진 곳에서 무공 수련에 매진하느라 아직까지 신도장천에 대한 소문을 듣지 못하고 있었다.

한참 동안 그런 고민을 하고 있을 때, 문이 열리고 설시연이 모습을 드러냈다.

"아버지."

"그래."

설군우는 딸의 얼굴도 제대로 쳐다보지 못할 정도로 힘들어하고 있었다.

설시연은 그런 아버지의 모습에 가슴이 아팠다.

할아버지가 실종되었을 때와 신도장천이 운남으로 향했을 때에 본 모습을 또다시 보게 된 것이다.

"제가 얘기할게요."

설시연의 말에 설군우가 고개를 들어 그녀를 바라보았다.

본인도 전하기 어려운 말을 어찌 딸에게 대신하게 할 수 있을까.

설군우가 가만히 고개를 저었다.

"아니에요. 제가 하고 싶어요."

설시연의 목소리는 단호했다. 그에 설군우는 다시 한 번 그녀를 바라보았다.

눈빛에 서린 의지를 본 설군우가 조심스레 물었다.

"괜찮겠느냐?"

"네, 괜찮아요."

설시연이 고개를 끄덕이며 말했다.

하지만 그녀라고 어찌 괜찮을 수 있겠는가. 그녀 역시도 서윤에게 이 소식을 어떻게 전해야 할지 고민이 많았다.

설시연이 본인 스스로 전하겠다고 나선 것은 다른 이유가 있어서가 아니었다.

말주변이 좋아 최대한 조금이라도 충격을 덜 받게 전할 수 있는 것도 아니었다. 물론 아무리 말주변이 좋아도 결국은 신도장천의 죽음을 전하는 일, 충격이 덜하고 더하고의 차이는 없을 터였다.

하지만 그럼에도 그녀가 하겠다고 나선 것은 왠지 모르게 자신이 전하고 싶은 마음이 들어서였다.

그녀 스스로도 왜 그런 마음이 들었는지 모르겠지만 그냥 그래야겠다는 생각이 들었다.

설군우는 결국 고개를 끄덕였다.

허락이 떨어지자 설시연은 서윤이 있는 곳으로 발걸음을 옮겼다.

방을 나서는 딸의 뒷모습을 보며 설군우는 무슨 말이든 해야 한다는 생각이 들었지만 그 이상 아무런 말도 생각이 나질 않아 입을 다물고만 있었다.

설시연은 조심스레 서윤이 있는 연공실로 들어섰다.

서윤은 가부좌를 틀고 운기조식을 하고 있었다.

운기를 방해할 수 없어 설시연은 한쪽에 서서 서윤의 운기가 끝나기만을 기다렸다.

그러는 와중에도 그녀의 머릿속에는 어떻게 이야기하면 좋을지 고민이 계속되고 있었다.

"무슨 일입니까?"

갑작스레 들려온 서윤의 목소리에 설시연은 화들짝 놀랐다. 머릿속에 고민이 많아 거기에 빠져 있다 보니 서윤이 운기를 끝내고 자리에서 일어서는 것도 몰랐다.

"운기 끝났나요?"

"예. 그런데 갑자기 무슨 일로……."

서윤의 물음에 설시연이 대답을 망설였다. 그에 서윤은 어리둥절한 표정으로 그녀의 얼굴을 빤히 바라보았다.

한참을 망설이던 설시연이 마음을 다잡고 입을 열었다.

"종조부님께서⋯⋯."

거기까지 말했을 때 서윤의 얼굴이 딱딱하게 굳었다. 갑자기 불안감이 엄습한 까닭이다.

"돌아가셨어요."

이어진 설시연의 말에 서윤은 그대로 굳어버렸다.

귀를 의심했다. '잘못 들었나?', '잘못 들은 거겠지' 하는 생각이 차례로 들었다.

"다시 한 번 얘기해 주십시오."

서윤이 떨리는 목소리로 말했다. 머리로는 설시연의 말을 쉬이 받아들이지 못하고 있었지만 몸은 이미 반응하고 있었다.

"종조부님께서 돌아가셨어요, 이틀 전에."

설시연은 최대한 조심스럽게 얘기했다.

서윤의 두 눈이 심하게 흔들렸다.

다시 들은 이야기도 처음 들은 이야기와 다르지 않았다.

'할아버지가 돌아가셨다고? 돌아가셨다고?'

서윤은 속으로 설시연의 이야기를 계속해서 되뇌었다. 그러고는 발걸음을 돌려 연공실 밖으로 향했다.

가만히 그를 보고 있던 설시연도 뒤따라 연공실 밖으로 나왔다. 이렇게나 슬픈 소식을 전하고 접하기에는 너무나 날이 맑고 밝았다.

서윤은 멍하니 서 있었다.

설시연은 조금 떨어진 곳에서 축 처진 서윤의 등을 말없이 바라보았다.

무슨 이야기를 한들 귀에 들어오지 않을 것이라는 걸 잘 알고 있기 때문이다.

서윤은 말이 없었다.

그저 허공만 응시하고 있었다.

하지만 몸은 부들부들 떨리고 다리에는 힘이 풀려 겨우 버티고 서 있을 정도이다.

너무나 충격이 큰 탓인지 슬픈 감정도 느껴지지 않고 눈물도 나지 않았다.

"혼자 있겠습니다. 저녁때 맞춰서 갈게요."

서윤이 여전히 떨리는 목소리로 말했다. 얼굴을 마주하지 않고 말하는 서윤에게 한 걸음 다가가던 설시연은 이내 발걸음을 멈추었다.

그러고는 말없이 자리를 피했다.

저녁때가 되자 설군우를 비롯한 사람들이 하나둘씩 식당으로 모여들었다.

모두가 무거운 분위기로 말 한마디 없이 자리에 앉기 시작했는데, 서윤의 모습은 보이지 않았다.

설군우는 물끄러미 서윤이 있어야 할 자리를 바라보았다.

그만큼 충격이 크기 때문에 오지 못하는 것이리라.

"궁도야, 네가 한번 가보려무나."

"예."

설궁도가 서윤을 데리러 가기 위해 자리에서 일어났다. 그러자 음식을 가져오던 설군우의 부인 연 씨가 말했다.

"지금은 그냥 놔두는 게 좋지 않겠어요? 식사는 조금 있다가 가져다주는 게 나을 것 같은데……."

"그래요, 아버지."

설시연까지 연 씨의 말을 거들자 설궁도도 슬그머니 자리에 앉았다.

"그래, 일단 우리라도 조금 먹도록 하자꾸나."

설군우의 말에 말없는 조용한 저녁 식사가 시작되었다.

저녁 식사는 금방 끝났다.

그리고 연 씨는 서윤을 위해 음식을 따로 준비했다. 그것을 가져다주는 건 설시연의 몫이었다.

따로 시비를 시키려고 했으나 설시연이 본인이 가져가겠다며 쟁반을 받아 들었다.

서윤이 수련하는 연공실은 어두웠다.

밤에 수련할 때를 위해 곳곳에 유등이 있었지만 서윤은 켜지 않고 있었다.

가져온 쟁반을 한쪽에 조심스럽게 내려놓은 설시연은 화섭

자를 이용해 유등에 불을 붙였다.

실내가 밝아지자 설시연은 서윤의 모습을 제대로 볼 수 있었다. 서윤은 입구 정면의 벽 앞에 앉아 있었는데, 가부좌를 튼 상태로 벽에 머리를 붙이고 있었다.

어깨가 들썩이지는 않는 것으로 보아 울고 있는 건 아닌 듯했다.

"식사 가져왔어요."

"……."

서윤은 대답이 없었다. 그에 설시연은 조심스럽게 다가가 그의 어깨에 손을 얹었다.

그러자 서윤이 벽에 대고 있던 머리를 떼며 고개를 들었다. 한참을 울었는지 서윤의 눈은 빨갛게 충혈되어 있다.

"뭐라도 좀 먹어요."

설시연의 말에 서윤은 가만히 고개를 저었다.

배가 고프지도 않고 입맛도 없었다. 뇌가 마비된 것처럼 그 어떤 생리적인 현상도 느낄 수가 없었다.

태어나서 두 번째 겪는 일.

한 번 경험이 있다고는 하지만 절대 익숙해지지 않는, 익숙해질 수 없는 충격이었다.

"그러다가 몸 상해요."

설시연이 식사를 가지고 와 서윤의 옆에 앉았다.

서윤이 식사를 제대로 하지 못할 것이라 생각한 연 씨가 준비한 죽을 한 숟가락 뜬 설시연이 서윤의 입으로 가져갔다.

하지만 서윤은 고개를 저으며 입을 벌리지 않았다.

설시연이 작게 한숨을 내쉬었다.

본인도 할아버지인 설백이 실종되었을 때 한동안 음식도 제대로 먹지 못했다.

실종에도 그랬는데 죽음이라면 오죽할까 하는 생각에 안쓰러운 마음이 들었다.

설시연은 숟가락을 다시 그릇에 내려놓았다.

그러고는 가만히 서윤의 등을 쓸어주었다.

아무 말 없이.

지금 이 순간 서윤에게 필요한 건 한마디 위로의 말도, 맛있는 음식도 아닌 작은 어루만짐이라는 걸 잘 알고 있는 그녀였다.

며칠의 시간이 지났다.

그동안 서윤은 물만 조금 마셨을 뿐 아무것도 먹지 않았다.

그래도 풍령신공이 계속해서 서윤의 몸을 돌며 기력을 돋우고 있었으니 다행이지 아니었으면 진작 몸이 쇠해 쓰러졌을 것이다.

하지만 제대로 먹지를 않으니 몸이 수척해지는 것은 어쩔 수 없었다.

눈에 띄게 볼살이 쑥 들어간 서윤의 모습은 보는 사람으로 하여금 그 안타까움을 더하게 했다.

그렇게 슬픔에 빠져 있을 때, 대륙상단에 큰일이 벌어졌다.

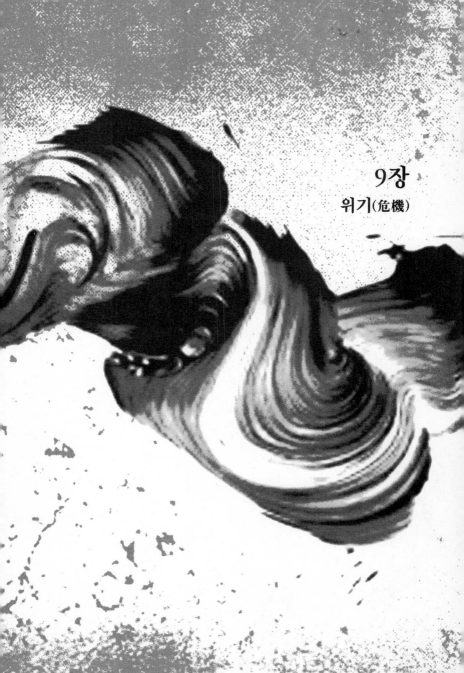

9장
위기(危機)

風神 徐潤

풍신서윤

　상단의 문을 막 연 이른 아침.

　상단에서 일하는 한 사람이 허겁지겁 달려왔다.

　집무실에서 눈에 들어오지도 않는 서류들을 뒤적거리던 설군우는 다급한 그의 목소리에 서둘러 그를 따라 밖으로 나갔다.

　대륙상단의 정문 밖으로 나간 설군우는 벌어진 입을 다물지 못했다.

　정문 앞에 놓여 있는 하나의 관.

　그것을 본 상단 사람들은 겁에 질린 표정을 한 채 이러지도 저러지도 못하고 설군우의 눈치만 보고 있었다.

관을 바라보는 설군우의 눈빛이 심하게 흔들렸다.

머릿속을 스치는 불길한 예감.

자신이 생각하는 것이 맞는지 확인하려면 관을 열어야 했지만 관에 가까이 가는 것도, 뚜껑을 여는 것도 도무지 엄두가 나질 않았다.

"아버지."

설궁도가 떨리는 목소리로 설군우를 불렀다.

어떤 식이든 그의 입에서 결론이 나와야 후속 조치를 할 수 있기 때문이다.

"열어… 보아라."

"예."

설군우의 말에 설궁도가 심호흡을 하고 관을 향해 다가갔다. 머뭇거리던 상단 사람들 몇 명도 그를 돕기 위해 나섰다.

관으로 다가가 뚜껑을 살핀 설궁도는 이상한 점을 발견했다.

보통 관에 시신을 넣고 나면 그냥 뚜껑을 덮는 것이 아닌 못으로 박아 단단히 고정시킨다.

하지만 지금 눈앞에 있는 관 뚜껑에는 못이 하나도 박혀 있지 않았다.

"아버지, 이상합니다. 뚜껑에 못질이 안 되어 있습니다."

"열어봐라."

그렇게 말하며 설군우도 관을 향해 다가갔다.

설궁도는 사람들과 함께 조심스럽게 관 뚜껑을 열었다. 그리고 그 안에 누워 있는 사람의 얼굴을 확인한 설궁도는 그 어느 때보다도 깜짝 놀랐다.

"으악!"

설궁도가 비명을 지르며 뒤로 나자빠졌다.

관 안에 누워 있는 사람은 다름 아닌 실종되었던 설백이었다.

설궁도뿐만 아니라 설군우를 비롯한 그 자리에 모인 모든 사람이 전부 다 까무러칠 정도로 놀랐다.

"아가씨!"

밖에 나와 지켜보고 있던 설시연은 설백의 얼굴을 확인한 순간 그대로 실신하고 말았다.

주검을 눈으로 보는 것도 충격일 텐데 관에 누워 있는 모습을 보았으니 더더욱 큰 충격으로 다가온 것이다.

더구나 그렇게 사랑하고 존경하던 할아버지였으니.

"서찰이 있습니다!"

정신없는 와중에도 누군가가 관 안에 있는 서찰을 용케 발견하고 소리쳤다.

그에 설군우는 서둘러 관으로 달려가 서찰을 펼쳐 보았다.

그 안에는 거친 기백이 느껴지는 글씨로 단 한 문장이 적혀 있었다.

무인 설백은 죽었다.

서찰을 읽은 설군우는 이상한 것을 느꼈다.

무인 설백이 죽었다니.

'설마?'

설군우는 즉시 설백의 코에 손가락을 가져다 대었다. 미약하기는 했지만 숨을 쉬고 있었다.

하지만 언제 끊어져도 이상하지 않을 정도로 가늘었다.

"살아 계시다! 얼른 안으로 모셔라! 즉시 의원도 모셔오고!"

설군우의 말에 또 한 번 놀란 사람들이 서둘러 설백을 관에서 꺼냈다.

설백을 들쳐 업은 설궁도는 서둘러 상단 안으로 뛰어들어갔고 몇몇 사람은 의원을 부르기 위해 달려갔다.

이른 아침부터 벌어진 충격적인 일로 인해 어수선해진 분위기는 한동안 계속되었다.

아침 진료 준비에 한창이던 의원은 대륙상단에서 급히 찾는다는 이야기에 허겁지겁 왕진을 왔다.

그리고 도착해서 본 것은 산 사람인지 송장인지 분간하기 어려운, 의식을 잃은 채 누워 있는 설백의 모습이었다.

실종되었다는 이야기를 들었는데 이런 모습으로 돌아올 줄은 상상도 하지 못했다.

일단 서둘러 진맥부터 한 의원은 이내 고개를 저었다.

혈맥이 완전히 끊어진 상태였고 하단전도 재기 불능이었다. 지금까지 숨이 끊어지지 않고 버틴 것만으로도 다행이라 할 수 있었다.

지금 그의 능력으로는 할 수 있는 것이 없었다.

"무리입니다."

의원의 입에서 흘러나온 말에 설군우의 표정이 딱딱하게 굳었다.

의원을 탓할 마음은 조금도 없었다.

다만 너무나 가슴 아프고 안타까울 뿐이다.

"대륙상단에서 구할 수 있는, 그리고 구해놓은 모든 약재를 이용해도 안 되겠소?"

"약재가 아무리 많다 한들 받아들이는 자의 상태가 좋지 못하다면 도리어 독이 될 수 있습니다. 어느 정도 기력을 회복한 다음에야 치료에 들어갈 수 있을 텐데 지금 이 상태라면 제가 어떻게 손을 쓸 방도가 없습니다."

대답하는 의원의 목소리에는 미안한 감정이 묻어 있다. 그리고 의원으로서 환자를 앞에 두고 이런 말을 해야 하는 괴로움도 함께 묻어 있다.

"후……."

설군우가 작게 한숨을 쉬었다.

십오 년 만에 다시 만난 부친이 이런 모습일 것이라고 누가 상상이나 했겠는가.

"의림(醫林)의 의선(醫仙) 정도가 와야 방도를 찾아낼 수 있을 겁니다."

의원의 말에 설군우의 안색이 더욱 어두워졌다.

의림은 말 그대로 의원들 사이에서 그저 '있다고 믿는' 말로만 전해지는 단체였다. 당연히 의선 역시 있다고 믿는 전설적인 인물이다.

의선에 대한 여러 가지 이야기가 소문으로, 전설로 전해져 오고는 있으나 그를 실제로 만났다거나 실제로 그에게 치료를 받아본 적이 있는 사람을 본 사람은 아무도 없었다.

결국 의선에게 도움을 청해야 한다는 말은 살릴 방도가 없다는 뜻과 같았다.

하지만 그렇다고 해서 아무것도 해보지 않고 이렇게 포기할 수는 없었다.

'의림, 의선. 가능성은 희박하지만 시도는 해봐야겠지. 대륙상단의 모든 힘을 동원해서라도.'

설군우가 속으로 다짐하듯 중얼거렸다.

설군우는 당분간 본인이 직접 관여하던 상행(商行)을 모두 총관 이하 수하들에게 일임했다.

신도장천의 죽음에 이어 설백이 산송장이 되어 나타나자 도저히 상단의 일에 집중할 수가 없었기 때문이다.

마음 같아서는 어떻게 해서든 마음을 다잡고 일을 하려 했지만 그럴 수가 없었다.

그런 다음 설군우는 우선 무림맹에 전갈을 보냈다.

부친이 돌아왔으나 죽어가고 있다고.

의선의 도움을 받아야겠다고.

무림맹 입장에서도 언제 적이 발호할지 모를 상황에서 의선을 찾는 데 모든 역량을 투입하기는 어려우나 어느 정도 도움은 줄 수 있으리라.

그런 다음 설군우가 한 일은 개방 방문이었다.

중원 천지 어느 곳에든 있다는 거지들의 방파.

모든 정보가 모이는 방파이기도 하고 모든 소문의 근원지이기도 하다.

개방의 무공 자체도 구파나 육대세가에 뒤지지 않지만 그들이 가진 엄청난 정보력 덕분에 구파일방의 한자리를 차지할 수 있었다.

비록 개방과 직접적인 교류가 있던 것은 아니나 설백의 일이라면 소문을 내고 정보를 주는 일은 흔쾌히 해줄 것이라 믿었다.

사사롭게는 자신의 아버지를 위한 일이지만 크게는 중원 무림과 연관된 일이기 때문이다.

개방 총타는 하북성에 있는 탓에 찾아가는 것은 무리인 터라 설군우는 섬서성에 있는 개방 분타를 찾았다.

자신이 알고 있는 것이 정확하다면 섬서 분타에는 개방 내에서도 가장 호탕하고 호전적이라는 장로 호걸개(豪乞丐)가 분타주로 있었다.

성미가 급하고 불같지만 대의와 정도를 따르는 일이라면 그 누구보다 적극적으로 나서는 인물이다.

개방 분타에 처음 와본 설군우는 의외의 외관에 조금 놀랐다.

말이 개방이지 사실 거지 소굴인지라 외관도 형편없고 썩은 내가 진동할 거라 생각했지만 그렇지가 않았다.

다른 문파의 지부처럼 대단한 건물은 아니었지만 제법 멀쩡한 건물에 퀴퀴한 냄새가 조금 나기는 했지만 심할 정도의 악취는 나지 않았다.

"분타주님을 뵈러 왔습니다."

설군우가 섬서 분타 앞에 아무렇게나 드러누워 오수를 청하고 있는 거지에게 말을 걸었다.

하지만 거지는 눈을 감은 채 미동도 하지 않았다.

"험험!"

설군우가 헛기침을 하며 인기척을 내자 그제야 거지가 약간의 움직임을 보였다. 그래 봤자 뒤척이는 수준이지만.

"이보시오!"

설군우가 목청을 조금 높여 거지를 불렀다. 그러자 귀찮음이 가득 묻어 있는 표정으로 자리에서 일어났다.

"좀 더 일찍 올 줄 알았더니 굼뜨군. 기다리다 깜빡 잠들었네."

그렇게 말한 거지가 늘어지게 하품을 하며 기지개를 켰다. 그 모습을 보며 설군우는 어처구니가 없고 화가 났다.

거지꼴이라 나이를 정확하게 가늠하는 것이 쉽지는 않았으나 많아 봐야 아들인 설궁도와 비슷하거나 조금 많은 듯 보였다.

아들뻘인 이에게 이런 대접을 받는다는 것 자체가 굉장히 기분 나빴지만 아쉬워 찾아온 것은 자신이기에 꾹 참았다.

"따라 들어오시오."

거지가 자리에서 일어나며 설군우에게 말했다. 그러고는 바지춤으로 손을 넣어 벅벅 긁으며 분타 안으로 들어갔다.

"후……."

설군우는 한숨을 쉬며 거지의 뒤를 따라 분타 안으로 들어갔다.

안으로 들어간 설군우는 놀라운 광경을 보았다.

분타 안에 있는 모든 개방 제자들이 앞장서고 있는 거지를 향해 예를 표하는 게 아닌가?

그리고 거지는 아무렇지도 않게 고개를 끄덕이며 분타 안에 있는 방 하나로 들어섰다.

자연스럽게 상석에 앉은 거지가 설군우를 바라보았다.

그제야 설군우는 방 한쪽에 걸려 있는 매듭을 보았다.

장로를 뜻하는 빨간 매듭, 그가 바로 호걸개였다.

'최연소 장로라더니.'

호걸개가 개방에서도 유명한 이유는 두 가지였다.

첫 번째는 장로임에도 분타로 빠지길 원했다는 것이 그것이고, 두 번째 이유는 바로 개방 역대 최연소로 장로의 자리에 올랐다는 것이다.

최연소라고는 하지만 이렇게까지 젊을 거라곤 생각지 못한 설군우로서는 당황할 수밖에 없었다.

"검왕 선배님의 상세는 어떻소? 뭐, 전설 속에 존재하는 의선을 찾을 정도면 심각하다는 것이겠지만."

호걸개가 혼자 묻고 스스로 답을 내렸다. 그에 설군우는 고개를 끄덕였다.

"의선을 찾는 일은 불가능에 가깝소. 하지만 적어도 개방 섬서 분타는 대류상단을 최대한 도울 생각이외다."

호걸개가 눈을 빛내며 말했다.

의선을 찾는 일.

말 그대로 불가능에 가까운 일이다. 하지만 그는 그런 도전과 모험을 즐기는 성격이었다.

"썩을 놈들. 감히 검왕 선배님을 그렇게 만들다니. 에이! 개방 뒷간 똥통에 빠뜨려서 똥물 좀 왕창 먹여야 되는 건데!"

호걸개가 욕지거리를 내뱉었다. 흔히 들을 수 있는 욕이 아닌지라 설군우는 힘든 마음에도 조금이나마 웃을 수 있었다.

"의선이 있을 곳으로 짐작되는 곳은 두 곳이오. 어딘지 알고 있소?"

"장강 어디쯤으로만 알고 있습니다."

설군우의 대답에 호걸개가 고개를 저었다. 그러고는 오른손을 들어 검지와 중지를 폈다.

"크게 보면 맞는 말이지. 하지만 좀 더 구체적으로 들어가면 호북성 무한(武漢) 어딘가, 그리고 다른 한 곳은 호남성 동정호의 수많은 섬 중 어느 한 곳."

호걸개의 말에 설군우가 눈을 빛냈다. 이 정도로 구체적인 위치를 알고 있을 줄은 몰랐던 것이다.

"물론 이것도 어디까지나 의선이 있다는 곳 중 가장 이야기가 많이 나오는 두 곳일 뿐, 말 그대로 짐작일 뿐이오. 하지만 그만큼 많이 언급되었다는 이야기는 확률이 가장 높다는 뜻이겠지."

호걸개의 말에 설군우가 고개를 끄덕였다.

"장강 쪽을 살피는 일이라면 대륙상단의 힘으로 장강 쪽 상단에 도움을 청하면 충분히 가능할 것이고, 우리는 동정호 쪽을 맡으리다. 아, 물론 삼사일 안으로 중원 전체에 소문이 쫙 퍼질 것이오."

개방의 힘.

퍼뜨렸으면 하는 소문을 최대한 빠른 시일 내에 중원 전체에 퍼뜨릴 수 있는 능력이 있는 곳이 개방이다.

"방주님도 지원할 수 있을 만큼 지원하라 하셨으니 걱정 마시구려."

호걸개의 말에 설군우가 고개를 끄덕였다.

사실 구구절절 간청해 도움을 청하려 했으나 그럴 필요가 없었다.

고마운 마음의 크기는 말로 다 할 수 없었다.

"감사합니다."

"고맙긴, 중원을 위한 일인데. 아, 그리고 의선만큼은 아니지만 제법 용한 의원 한 명이 곧 대륙상단에 도착할 것이오."

호걸개의 말에 설군우는 마땅히 떠오르는 인물이 없었다.

"그게 누굽니까?"

설군우의 물음에 호걸개가 미소를 지으며 작은 목소리로 답했다.

"어의."

설군우는 자신의 귀를 의심했다.

어의라니?

자신이 아는 어의가 황제의 옥체를 살피는 그 어의라면 의선을 만나는 것만큼이나 불가능한 일이다.

"어떻게……."

"존재하는지도 모를 의선도 찾는 마당에 확실하게 있는 사람을 모셔오는 것쯤이야."

호걸개의 대답에 설군우는 궁금증을 숨기지 못했다. 고마운 마음이야 말할 필요도 없지만 혹여 나중에 무슨 사달이라도 나는 것은 아닌지 걱정도 되었다.

"뭐, 상세하게 말해줄 수는 없소. 나도 전해 들은 이야기라 아는 것이 많지도 않고. 다만 방주님께서 예전에 황제 폐하와 작은 거래를 하나 하셨다 하오. 원하는 정보를 알려주었거나 아니면 은폐해 주었거나 둘 중 하나겠지만. 아무튼 간도 크시지. 아무리 그렇다고 황제와 거래할 생각을 하다니."

호걸개가 고개를 절레절레 흔들며 말했다.

설군우 역시 그의 말에 동의했다. 황제와 거래라니. 어지간히 간이 크지 않고서는 할 수 없는 일이다.

"아무튼 수일 내로 도착할 것이오. 완치를 장담할 수는 없지만 그래도 도움은 될 것이오."

"고맙습니다. 정말 고맙습니다."

어의라니, 생각지도 못한 도움을 받게 된 설군우는 눈물이 다 날 지경이다.

"그렇게 고마워하지 않아도 되오. 아무튼 의선을 찾은 일부터 진행해 봅시다."

호걸개의 말에 설군우가 고개를 끄덕였다.

분타를 떠나는 그의 마음은 한결 가벼워져 있었다.

대륙상단에는 손님이 와 있었다.

개방 섬서 분타에 다녀온 설군우는 손님이 와 있다는 말에 서둘러 객청으로 발걸음을 옮겼다.

대륙상단을 찾은 손님은 종리혁과 제갈공이었다.

객청에 앉아 있는 그들의 표정은 어둡고 무거웠는데 그들의 앞에 놓인 물건을 보면 그 이유를 짐작할 수 있었다.

하얀 천으로 싼 물건.

바로 신도장천의 유골함이었다.

유골함을 보니 설군우는 정신이 아득해졌다.

비로소 신도장천의 죽음이 현실로 다가온 기분이다.

자신도 이런데 이것을 볼 서윤의 심정은 어떨지 짐작조차 가지 않았다.

"오랜만에 뵙습니다."

종리혁이 어렵게 입을 열었다.

"예. 좋은 일로 뵀으면 좋았을 텐데 아쉽습니다."

설군우의 말에 종리혁과 제갈공 역시 십분 공감하며 고개를 끄덕였다.

"검왕 선배님의 상세는 어떻습니까?"

제갈공의 물음에 설군우는 대답 대신 가만히 고개를 저었다.

"종조부님의 유골함입니까?"

"그렇습니다."

종리혁의 대답에 설군우는 조심스럽게 유골함에 손을 가져다 대었다.

아직도 온기가 남아 있는 것 같은 착각이 들었다.

"서윤이던가요? 손주가 이곳에 있다고 들었습니다."

"예. 상심이 아주 큽니다."

"그렇겠지요. 이 유골함을 보면 또 어떨지 걱정입니다. 어렸을 때 부모님을 잃었다고 들었는데 어찌 또 이런 일이……."

제갈공이 안타까운 마음을 담아 말했다.

"그 아이도 불러주십시오. 비록 친손자는 아니라 하지만 이 유골함은 그 아이에게 전하는 것이 맞는 것 같습니다."

"그러지요."

설군우는 곧장 밖에서 대기하고 있는 시비에게 서윤을 데려오라 일렀다.

잠시 후 서윤이 객청으로 들어왔다.

눈에 띄게 수척해진 모습과 퀭한 눈, 그리고 멍한 눈빛에서 얼마나 슬픔이 큰지 조금이나마 짐작할 수 있었다.

초점 없이 멍하던 서윤의 동공이 심하게 흔들렸다.

그 안에 있는 사람들의 모습은 눈에 들어오지 않았다. 눈에 들어오는 것은 오직 신도장천의 유골함뿐이었다.

서윤은 천천히 유골함으로 다가갔다.

몇 걸음이면 충분한 거리에 있음에도 쉬이 발걸음이 떨어지지 않았다.

그 몇 걸음을 걷는 사이 서윤의 시야가 뿌옇게 흐려졌다.

유골함 앞에 선 서윤의 몸이 부들부들 떨렸다.

앞으로 뻗는 양손도 한겨울에 맨몸으로 밖에 서 있는 것처럼 심하게 떨렸다.

덜덜 떨리는 손으로 유골함을 잡은 서윤은 그 앞에 무릎을 꿇으며 주저앉았다.

숙인 고개는 들릴 줄을 몰랐다.

그리고 이내 어깨가 가볍게 들썩이더니 소리를 죽이고 흐느끼기 시작했다.

서윤은 소리 내어 울지 않았다.

하지만 굵은 눈물을 쉬지 않고 떨어뜨렸다.

눈물이 떨어진 바지 자락이 흠뻑 젖을 때까지 서윤의 흐느낌은 그칠 줄 몰랐고, 이를 지켜보는 사람들은 안쓰러운 눈빛을 보냈다.

한참 동안 흐느끼는 서윤을 보고 있던 설군우가 서윤을 일으켜 세웠다.

"많이 힘들겠지만 종조부님의 상은 제대로 치러야 하지 않겠느냐? 상주인 네가 힘을 내야 종조부님도 마음 편히 가실 게다."

서윤은 눈물을 닦아내고 울음을 참는 것으로 대답을 대신했다. 서윤은 밤새도록 눈물을 흘리며 감당하기 어려운 슬픔에 몸과 마음을 맡겼다.

삼 일간 정말 많은 사람이 대륙상단을 찾았다.

대부분이 무림인들이었는데 상당히 먼 거리에서도 찾아와 애도를 표했다.

신도장천의 위패 앞에 예를 표한 사람들은 서윤에게도 위로의 말을 건넸다.

서윤은 핼쑥해진 모습으로 그들의 위로를 받았다.

빈소의 분위기만큼이나 설백이 의식을 잃고 누워 있는 방의 분위기도 무거웠다.

설군우와 설궁도, 설시연이 초조한 표정으로 누군가를 바라보고 있다. 그들의 시선이 닿은 곳에는 심각한 표정으로 설백을 진맥하는 의원이 있었다.

얼마 전 호걸개가 얘기한 어의였다.

호걸개의 말에 고마움과 기대감이 들기도 했지만 '설마 진짜 어의가 올까?' 하는 의구심을 가진 설군우는 정말로 어의가 대륙상단을 방문하자 그 놀라움이 적지 않았다.

심각한 표정으로 설백의 상세를 살피던 어의가 작게 한숨을 쉬었다.

"어떻습니까?"

"아시다시피 좋지 않소이다."

어의의 입에서도 부정적인 말이 튀어나오자 설군우를 비롯한 방 안에 있는 사람들의 표정이 더욱 어두워졌다.

"먼저 다녀간 의원이 대체적으로 진맥을 제대로 하고 그에 맞게 최선의 조치를 취하기는 했소. 하지만 혈맥이 완전히 끊어진 것은 아니오. 혈맥이 완전히 끊어졌다면 숨졌어도 진작 숨졌겠지. 하지만 심하게 망가지긴 했지만 끊어진 것은 아니니 회생 가능성이 아예 없는 것은 아니외다."

어의의 말에 어두워졌던 사람들의 얼굴이 대번에 밝아졌다.

"하지만 무인으로서의 삶은 완전히 끝난 것으로 봐야 하오. 회복한다 해도 그 후유증이 오래갈 것이며 명이 길지 않을 수 있소."

"그것으로 충분합니다. 아버지께서 의식을 회복하고 얼마 남지 않은 생이라도 고통 없이 지내다 가실 수 있다면 그것으로 족합니다."

설궁도와 설시연 역시 설군우과 같은 마음이다.

명을 다한 줄 알고 있던 설백이 살아 있다는 걸 알았을 때 약간의 희망을 보았고, 회생 가능성이 없다는 이야기를 들었다가 오늘은 가능성이 있다는 이야기를 듣지 않았는가?

그것만으로도 너무나 기쁜 그들이다.

다만 지금은 신도장천의 상중이기 때문에 겉으로 내색하지 않을 뿐이다.

"본인이 이곳에 머물 수 있는 기간이 길지 않소. 그사이에 내가 적어주는 약재들을 최대한 구해오시오. 처방도 자세히 적어줄 테니 그 정도면 이 지역에 있는 의원도 충분히 탕약을 만들 수 있을 것이오."

"감사합니다. 정말 감사합니다."

설군우가 고개를 숙이며 감사의 말을 전했다.

"시간이 촉박하니 감사 인사는 생략하도록 하고, 지필묵을 준비해 주시오."

어의의 말에 설궁도가 서둘러 지필묵을 그의 앞에 가져다 놓았다.

그에 어의는 필요한 약재들을 거침없이 써 내려가기 시작했다.

짧은 시간은 아니었지만 그 안에 설백의 상태를 정확하게 파악하고 그것에 맞는 처방을 적어 내려가는 그의 모습을 보며 세 사람은 내심 감탄했다.

과연 어의는 아무나 하는 것이 아니라는 생각이 든 것이다.

어의가 적은 약재는 제법 그 양이 많았다.

대륙상단에서 보유하고 있는 약재도 있었지만 그렇지 못한 것이 많았다.

"너희는 어서 이 약재들을 찾아보거라. 근처 의원을 다 뒤져서라도 찾아야 할 게야."

"알겠습니다."

설군우의 말에 설궁도와 설시연이 서둘러 밖으로 나갔다.

그러자 어의는 침을 꺼내 설백의 몸 곳곳에 놓기 시작했다.

집중하는 그를 방해하지 않기 위해 숨죽인 채 조용히 있던 설군우는 문득 한 가지 생각이 들었다.

'어의 정도 되는 사람이라면 의선에 대한 단초라도 알고 있지 않을까?'

어의라면 의원 중에서도 최고의 자리에 오른 자일 터. 그 정도 경지에 오른 사람이라면 의선에 대해서도 좀 더 구체적인 정보를 갖고 있지 않을까 하는 생각이 든 것이다.

거기까지 생각이 미치자 바로 질문을 던지고 싶었으나 설군우는 어의가 침을 모두 놓을 때까지 꾹 참고 기다렸다.

얼마의 시간이 흐른 후 어의가 침을 다 놓았다.

그의 이마에 맺힌 땀방울을 보면 그가 짧은 시간 동안 얼마나 집중했는지 알 수 있었다.

"한 가지 여쭤도 되겠습니까?"

"물어보시오."

"혹시… 의선에 대해서 아는 것이 좀 있으십니까? 사는 곳이라든지 만날 수 있는 방법 같은 것 말입니다."

비록 어의가 설백의 상태에 맞는 처방을 내려주었다고는 하지만 그가 머물 수 있는 기간은 며칠에 불과했다.

그렇다면 설백이 의식을 찾을 때까지, 아니, 의식을 찾고 후유증을 극복할 때까지 계속해서 상태를 살펴줄 사람이 필요했다.

설군우의 물음에 의원은 잠시 입을 다물었다.

그러다가 고개를 저으며 말했다.

"의선은 우리 의원들 사이에서는 신적인 존재요. 나도 꼭 한 번 만나보고 싶은 분이라오. 아쉽지만 나도 아는 바가 없소이다."

큰 기대는 안 했지만 혹시나 한 설군우는 약간 실망했다. 하지만 그래도 지금의 상황은 의선이 없다 하여도 충분히 희망적이고 긍정적이다.

"그렇군요."

"미안하오. 원하는 대답을 해주지 못해서."

"아닙니다. 이렇게 어려운 발걸음을 하셔서 아버지를 살펴주신 것만으로도 갚지 못할 은혜를 입었습니다. 그런 말씀 마십시오."

설군우의 말에 어의는 옅은 미소와 함께 설백의 상세를 살폈다.

신도장천의 상이 끝났다.

마지막 날까지 남아 있던 사람들은 신도장천의 유골함을 사당에 모실 때까지 함께하며 고인의 넋을 기렸다.

상을 치르는 내내 울다 그치기를 반복하던 서윤은 신도장천을 사당에 모시는 순간에도 눈물을 멈추지 못했다.

쉽게 가라앉지 않을 감정.

하지만 이겨내야 하는 감정이기도 했다.

서윤을 지켜보는 사람들은 안타까움을 금치 못했다.

그러나 옆에서 힘이 되어줄 수 있는 것에는 한계가 있는 법.

결국은 서윤 혼자서 감내하고 이겨내야 할 일이었다.

대륙상단을 찾은 어의는 신도장천의 상이 끝난 다음 날 황궁으로 돌아갔다.

의원답게 마지막까지 설백의 회복에 필요한 것들을 신신당부하며 떠났다.

그렇게 중원 무림에 새로운 시대가 시작되었다.

그리고 그것은 곧 새로운 위기의 시작이기도 했다.

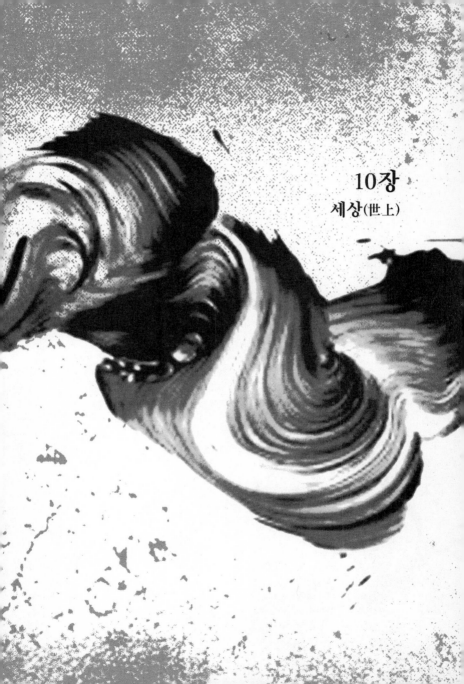

10장
세상(世上)

風神 徐潤

풍신서윤

상을 치르고 며칠이 지났다.

설군우가 서윤을 불렀다. 아직 슬픔이 가득 차 있는 모습이지만 서윤은 나름대로 이겨내기 위해 노력하고 있었다.

"받으려무나. 진작 전해주었어야 하는 것인데 정신없이 지내다 보니 잊고 있었구나."

그렇게 말하며 설군우는 서윤에게 서책 하나를 내밀었다. 운남으로 떠나던 날 신도장천이 서윤에게 전해주라며 맡긴 그 책자였다.

서윤은 조심스럽게 책자를 집어 들었다. 표지에는 아무것도 적혀 있지 않았다.

"종조부님께서 남기신 것이다."

설군우의 말에 서윤의 눈동자가 다시 흔들렸다.

하지만 나오려는 눈물을 끝까지 참아내었다.

"나가봐도 되겠습니까?"

"그러려무나."

설군우의 말에 서윤이 꾸벅 고개를 숙이고는 밖으로 나왔다.

방을 나서는 서윤의 뒷모습을 바라보는 설군우의 두 눈에 안쓰러움이 가득 담겨 있다.

자신의 처소로 돌아온 서윤은 조심스럽게 책자의 첫 장을 넘겼다. 첫 장부터 신도장천의 성격이 고스란히 드러나는 글씨체가 눈에 들어왔다.

서윤은 최대한 천천히 책장을 넘겼다.

신도장천이 남긴 한 글자도 그냥 넘기지 않았다.

책자의 내용은 신도장천이 지금까지 무공을 익히면서 얻은 깨달음을 정리해 놓은 것이었다.

한창 풍절비룡권 후반 이 초식을 익히기 위해 몰두하던 때라면 그 내용에 빠져들어 고민했겠지만 지금은 그런 것은 눈에 들어오지 않았다.

오로지 글자 하나하나를 보는 데에만 신경 쓰는 서윤이다.

그렇게 얼마의 시간이 지났을까.

날이 어둑해지고 방에도 제법 어둠이 깔리기 시작할 무렵 서윤은 마지막 장을 보고 있었다.

마지막 장에 쓰인 내용은 앞선 내용들과 달랐다.

그것은 신도장천이 서윤에게 남기는 편지였다.

서윤은 서둘러 방 안의 불을 밝혔다. 할아버지가 자신에게
마지막으로 남긴 편지를 조금이라도 제대로 보기 위함이었다.

윤아.

이 책자가 네게 전해졌다는 것은 내가 네 곁에 없다는 뜻일 게
다. 그런 일이 벌어지지 않기를 바라지만 예감이 좋지 않구나.

시작부터 이런 이야기를 하는 것이 미안하고 또 가슴 아프지만
세상이라는 곳이 그런 곳이란다.

네게 무공을 가르치기는 했지만 이미 한 차례 아픔을 겪은 네
가 내가 살아온 세상에서 살지 않기를 바랐단다.

무림이라는 곳은 너무나 가혹하고 힘들고 잔인한 세상이기 때
문이다.

하지만 반대로 생각해 보면 내게 무공을 배우게 된 그 순간부
터, 아니, 나와 연을 맺은 그날 이후로 무림이라는 곳은 네게 운명
이 아니었을까 하는 생각도 드는구나.

무공을 익히고 중원에 나와 권왕이라는 거창한 칭호를 얻었지
만 난 만족스럽지 않았단다.

정작 내가 원한 건 따로 있었다.

권으로 기억되고 인정받는 사람이 아닌 바람과 같은 사람이 되

고 싶었다.

그리고 그것을 위해 매진하고 정진했지만 쉽지가 않더구나. 나와의 연이 거기까지인 게지.

내가 남기는 이 책자가 네게 조금이나마 도움이 되었으면 좋겠구나.

윤아, 나는 권왕이었지만 너는 풍신(風神)이 되거라.

그것이 내가 네게 마지막으로 하는 부탁이자 바람이다.

널 두고 먼저 떠나는 이 할아비의 바람, 이뤄주겠니?

신도장천의 편지를 읽는 내내 서윤은 눈물을 흘리지 않기 위해 어금니를 꽉 깨물며 참고 또 참았다.

읽는 내내 눈앞이 흐려져 제대로 읽지 못한 탓에 몇 번이고 읽고 또 읽었다.

그러고는 속으로 다짐했다.

반드시 풍신이 되겠다고.

설군우로부터 신도장천이 남긴 서책을 받은 지 닷새가 지났다. 처소에서 두문불출하던 서윤이 설군우를 찾았다.

겨우 조금씩 상단 업무를 재개할 준비를 하며 집무실에서 바쁘게 보내고 있던 설군우는 자신을 찾아온 서윤의 모습에 당혹스러움을 금치 못했다.

무슨 할 말이 있어서 닷새 만에 모습을 보인 것은 이해하겠지만 짐 보따리는 왜 들고 있는지 이유를 알 수가 없었다.

"떠날 생각이더냐?"

"예. 그동안 감사했습니다."

그렇게 대답하며 서윤이 꾸벅 허리를 굽혔다.

"갈 곳도 없지 않느냐? 세상은 넓고 험하다. 이곳에 있는 게 나을 텐데……."

"해야 할 일이 있습니다."

서윤의 대답에 설군우가 자리를 박차고 일어섰다. 너무 놀랐기 때문이다.

"복수를 할 생각이라면 다리를 부러뜨려서라도 못 가게 하겠다."

설군우는 서윤이 복수를 위해 나선다고 생각했다. 충분히 그럴 수 있는 상황. 하지만 서윤은 고개를 저었다.

"할아버지께서 제게 부탁하신 것이 있습니다. 그것을 이루기 위해서입니다."

서윤의 대답에 놀란 가슴이 조금 진정된 설군우가 다시 자리에 앉았다. 그러고는 작게 한숨을 내쉬고는 물었다.

"이곳에서는 할 수 없는 일이더냐?"

"……."

서윤은 대답하지 않았다.

물론 이곳에서도 얼마든지 수련에 매진할 수 있었다. 하지만 혼자만의 시간이 필요했다.

홀로 고민하고 매진하며 누구의 방해도 받지 않을 그런 곳
이 필요했다.

서윤은 생각해 둔 곳이 있었다.

그곳이라면 신도장천이 부탁한 풍신의 경지를 위해 수련에
매진할 수 있겠다는 생각이 들었다.

사실 이성적으로 생각해서 내린 결론이 아닌 마음이 끌리
는 곳이다.

설군우는 잠시 말없이 서윤을 바라보았다.

신도장천이 세상을 떠나고 모든 것을 다 잃은 듯 표정이 어
둡고 의욕이 없었다.

하지만 지금 서윤의 표정에는 의지가 가득했다.

신도장천의 마지막 부탁으로 새로운 목표가 생긴 서윤으로
서는 다시금 힘을 낼 수 있는 동력을 얻은 것이다.

"후……."

설군우가 한숨을 쉬었다.

표정을 보아하니 더 이상 서윤을 막을 수 없겠다는 생각이
들었다.

"어디로 갈 것인지도 말해줄 수 없는 게냐?"

"예전에 살던 곳으로 갈 겁니다."

"살던 곳?"

"예."

설군우가 아는 서윤이 살던 곳은 신도장천과 함께 지낸 그

곳밖에 없었다. 하지만 순순히 얘기해 주는 것이 그곳으로 가려는 것 같지는 않았다.

서윤도 어차피 말해줘 봤자 설군우가 알 수 없다는 생각에 머뭇거리지 않고 대답했다.

"궁도와 시연이에게 인사라도 하고 가거라. 가끔 소식이라도 전해주고."

"그러겠습니다."

장담할 수는 없었지만 그렇게 말하는 게 설군우를 안심시킬 수 있겠다는 생각에 그러겠다고 답했다.

"이제 가보겠습니다."

"잠깐만 기다리거라."

나서려는 서윤을 붙잡은 설군우가 집무실 한쪽에서 무언가를 꺼냈다. 제법 두둑하게 들어 있는 전낭이다.

"가지고 가거라. 어딜 가든 돈이 없으면 불편하고 힘든 법이다."

"괜찮습니다."

서윤은 사양했다. 이곳에서 지내면서 많은 것을 받았는데 떠나는 마당에 돈까지 받을 수는 없었다.

하지만 설군우는 한사코 사양하는 서윤을 제지하고 그의 짐에 전낭을 넣어주었다.

"지금은 필요 없을 것 같아도 밖에 나가보면 뭘 하든 다 돈이다. 더 주고 싶은데 그러지 못해 미안하구나. 대신 대륙상단 지부에 얘기하면 얼마든 네게 돈을 내어줄 게다."

"아닙니다. 감사합니다."

서윤은 진심으로 고맙다고 말했다.

그러고는 설군우를 찾았을 때보다 무거워진 짐을 들고 집무실을 나섰다.

떠나는 서윤을 배웅하기 위해 설군우와 설궁도, 설시연이 정문까지 따라 나왔다.

그들뿐만 아니라 연 씨와 상단 사람 몇몇도 함께였다.

서윤이 이곳에서 지내는 동안 직접적으로 친분을 쌓은 일은 없었다고 하지만 그래도 알게 모르게 정이 쌓여 아쉬운 마음에 따라 나온 것이다.

떠나려는 서윤에게 설시연이 다가갔다.

이들 중 서윤의 아픔에 가장 공감하고 안쓰러워하는 이는 그녀였다.

"조심해서 가요."

"네, 잘 지내십시오."

서윤의 말에 설시연의 두 눈에 약간의 아쉬움이 번졌다. 딱딱한 말투에서 거리감이 느껴졌기 때문이다.

"이만 가보겠습니다."

서윤이 배웅 나온 사람들을 향해 허리를 숙였다. 그러고는 몸을 돌려 발걸음을 옮겼다.

대류상단에서 멀어지는 거리만큼이나 그의 뒷모습을 바라보는 사람들의 마음속에 아쉬움이 커져갔다.

*　　　*　　　*

신도장천의 죽음과 설백의 상태 때문에 혼란스러운 중원의 분위기가 이곳만 비켜간 듯 장원은 평온하기 그지없었다.

"중원의 분위기는?"

신도장천과 일전을 벌인 사내가 정자 주변을 둘러싼 호수에 물고기 먹이를 뿌리며 물었다.

그러자 뒤에 서 있는 여인이 고개를 숙이며 답했다.

"어수선합니다. 사실 중원 도모를 시작하기에는 지금이 적기라고 생각합니다. 장로들 모두 명령만 내리시면 당장에라도 중원으로 밀고 나갈 기세예요."

그렇게 말하며 여인이 사내로부터 물고기 먹이가 들어 있는 접시를 받아 들었다.

그러고는 한쪽에 준비된 차를 따라 건넸다.

"석 달을 얘기했으니 기다려야지. 앞으로 한 달 반. 그 시간만 기다리라고 해."

"그렇게 말씀 안 하셔도 다들 기다리고 있어요. 대신 입이 저 물에 떠 있는 오리만큼이나 나와 있어서 그렇지."

여인의 말에 사내가 피식 웃음을 터뜨렸다. 그러고는 차를 한 모금 마신 뒤 정자를 뒤로하고 발걸음을 옮겼다.

*　　　*　　　*

대륙상단을 떠난 서윤은 허한 마음을 달래며 홀로 길을 걸었다. 설군우의 말대로 밖에 나오니 먹는 것부터 자는 것까지 전부 다 돈이었다.

그전까지는 부모님 밑에서, 신도장천 밑에서, 그리고 대륙상단에서 지낸 탓에 돈의 필요성을 느끼지 못했다.

하지만 이렇게 홀로 나와 세상을 겪어보니 시작부터 돈이 정말 필요하다는 것을 느낄 수 있었다.

새삼 그렇게 거절하는데도 전낭을 찔러준 설군우가 고마웠다.

아침 시간에 대륙상단을 출발한 서윤은 날이 어두워지고 난 후에야 정서(定西)현에 도착했다.

저녁 시간은 이미 한참 지난 탓에 서윤은 허기진 배를 어루만지며 객점을 찾아 들어갔다.

"어서 오십시오!"

서윤의 등장에 입구 옆에서 꾸벅꾸벅 졸고 있던 점소이가 벌떡 일어나며 외쳤다.

혼자서는 처음 찾는 객잔인 탓에 서윤은 얼떨떨한 표정으로 고개를 살짝 끄덕이고는 안으로 들어섰다.

저녁 시간은 한참 전에 지났지만 객점 일층 식당에는 제법 많은 사람이 모여 술잔을 기울이고 있었다.

잠시 자리를 찾아 두리번거리던 서윤은 주변에 사람이 별로 없는 구석진 곳에 자리를 잡고 앉았다.

"저 손님, 죄송하지만 저녁 시간이 지난 탓에 주문 가능한 음식이 몇 가지 안 됩니다."

점소이의 말에 서윤은 괜찮다는 듯 고개를 끄덕이고는 가장 빨리 되는 것으로 간단하게 주문했다.

음식을 주문하고 기다리는 동안 서윤은 객점 안에 있는 사람들을 한 번 훑어보았다.

나이도 다양하고 생김새, 직업도 다양한 각양각색의 사람들이 모여 있다.

어떤 이는 삶의 고단함을 털어놓기도 했고, 어떤 사람은 기쁜 일을 자랑하며 웃기도 했다.

그런 모습들을 보니 서윤은 왠지 기분이 이상했다.

신도장천의 죽음 이후 서윤이 본 사람들은 모두가 슬퍼하고 힘들어하는 모습이었다.

그래서일까.

서윤은 세상 모든 사람들이 슬퍼하고 힘들어하고 애도를 표한다 생각했다.

하지만 지금 눈앞에 보이는 광경은 자신의 생각과 달랐다.

이들은 저마다 누군가의 죽음과는 전혀 상관없는 자신들만의 삶을 살고 있었다.

지금껏 자신이 알고 지낸 작은 세상, 그리고 지금 눈으로 보고 있는 좀 더 넓은 세상.

마지막으로 앞으로 보게 될 더 넓은 세상은 너무나 다르다는 걸 조금이나마 느끼게 되었다.

'세상, 중원, 그리고 천하.'

어릴 때 들은, 그리고 상상한 그 세상이 얼마나 거대하고 넓으며 자신은 그 안에서 얼마나 작은 존재인지 어렴풋하게 정립이 되는 듯했다.

"음식이 이것밖에 없습니다요."

점소이가 접시에 교자 몇 개를 담아 왔다. 그리고 양이 좀 적어 보이는 소면도 함께 내왔다.

면은 적고 고명이 많은 것으로 보아 최대한 긁어 담아 내온 듯했다.

"괜찮습니다."

미안해하는 점소이에게 웃으며 대답한 서윤은 준비된 음식을 맛있게 먹어치웠다.

식사를 마친 서윤은 점소이가 안내해 준 방으로 들어가 몸을 누였다.

객점에 도착해서 식사를 마치고 방에 들어오기까지 짧은 시간이었지만 적지 않은 것을 느낀 서윤은 침상에 누운 채로 천장을 바라보았다.

하루 만에 자신이 알고 있던 세상과는 또 다른 세상을 본 서윤은 앞으로 살아가는 것에 대한 막막함을 느꼈다.

전에 살던 곳으로 가서 무공 수련을 하기로 마음먹고 그대로 발걸음을 옮겼지만 정작 먹을 것은 어떻게 할 것이며 입을 것은 어떻게 할 것인지에 대한 생각은 한 번도 한 적이 없었다.

지금이야 설군우가 쥐어준 돈이 어느 정도 있으니 다행이지만 그 돈이 떨어지면?

그다음부터가 문제였다.

설군우가 대륙상단에서 돈을 받아다 쓰라고는 했지만 그러고 싶지는 않았다.

"후……."

서윤은 자신도 모르게 한숨을 내쉬었다. 하지만 이내 돌아누우며 중얼거렸다.

"정 안 되면 사냥이라도 하지, 뭐."

그리고 얼마 후 서윤은 잠에 빠져들었다.

다음 날 아침.

서윤은 평소보다 늦게 눈을 떴다.

한동안 제대로 잠을 자지 못한 상태에서 대륙상단을 떠나 하루 종일 걸은 탓에 피로가 겹쳐 그런 듯했다.

눈을 뜬 서윤은 잠시 눈을 끔뻑거리며 지금 자신이 어디에 있는 것인지 떠올렸다.

'아, 객점이지.'

낯선 천장에 잠시 당황한 서윤은 그제야 자신이 전날 객점에 들어와 잤다는 것을 깨닫고는 몸을 일으켰다.

침상에 걸터앉은 상태에서 기지개를 켠 서윤은 이내 가부좌를 틀고 올라앉았다.

호흡을 가다듬고 눈을 감은 서윤이 진기를 움직이려는 찰나 밖에서 목소리가 들려왔다.

"저… 손님?"

"무슨 일입니까?"

서윤이 약간 짜증 섞인 목소리로 대답하며 문을 열었다. 그곳에 전날 본 점소이가 서 있다.

"저… 방 빼주실 시간이 다 되었는데요."

"시간? 정오까지라 하지 않았습니까?"

"그게… 벌써 정오가 다 되었는데요."

점소이의 대답에 서윤은 눈만 깜빡인 채 말을 잇지 못했다.

'벌써 정오라고? 얼마나 잔 거야?'

기껏해야 사시(巳時) 초 정도 되었을 거라 생각한 서윤은 정오라는 점소이의 말에 굉장히 당황했다.

"더 계시려면 추가 요금을 내셔야 합니다."

"알겠습니다. 금방 나갈 테니 재촉 안 해도 됩니다."

추가 요금이라는 말에 서윤은 알았다고 대답하며 문을 닫았다. 그리고는 작게 한숨을 내쉬며 짐을 꾸리기 시작했다.

　　　　　*　　　　　*　　　　　*

　어의가 다녀간 후 설백의 혈색이 조금씩 돌아오기 시작했다. 물론 크게 좋아지거나 의식을 찾은 것은 아니었지만 매일같이 다녀가는 의원의 말에 따르면 조금씩 차도가 있다고 했다.

　설군우를 비롯한 그의 가족은 의원의 이야기에 안도했다. 설시연은 고개를 돌리고 눈물을 훔치기도 했다.

　처음 설백의 모습을 봤을 때에는 너무나 슬프고 안쓰러워서 눈물을 흘렸지만 지금은 너무나 기뻐서 흘리는 눈물이었다.

　모두가 다 그렇겠지만 그동안 특히나 마음고생이 심했을 동생을 보며 설궁도는 마음을 담아 다독여 주었다.

　차차 나아지고는 있다지만 그렇다고 안심할 단계는 아니었다.

　지금 상태는 최악에서 악으로 가고 있는 것일 뿐, 언제 어떻게 되어도 이상하지 않을 그런 상태였다.

　그렇게 시간은 하염없이 흘러갔다.

　겨울이 성큼 다가온 어느 날.

　대륙상단은 평소와 다름없었다. 상단 식구들은 예전처럼 일에 매진했고 설군우와 설궁도 역시 부지런히 돌아다니며 상단 일을 돌봤다.

　설시연은 어김없이 검을 들고 방을 나섰다.

그러고는 곧장 서윤이 사용하던 연공실로 발걸음을 옮겼다.

연공실 안으로 들어가려던 설시연이 발걸음을 멈추었다. 그러고는 연공실 안이 아닌 밖에 있는 공터 한가운데로 향했다.

추운 날씨인 만큼 안에서 검을 휘둘러도 되었지만 왠지 모르게 오늘은 찬바람을 맞으며 검을 휘두르고 싶었다.

공터로 향한 설시연이 숨을 깊게 들이마셨다.

차가운 공기가 몸 안으로 들어오면서 정신을 맑게 해주는 것 같았다.

스윽.

사뿐하게 한 발을 내디딘 설시연이 순식간에 검을 뽑았다.

그러고는 눈 깜짝할 사이에 여의제룡검의 검초를 연이어 뿌렸다.

허공을 가르는 그녀의 검이 날카롭게 뻗어나갔다.

진기의 운용 없이 초식만 그리고 있었으나 그녀의 몸짓은 검무라 해도 손색이 없을 만큼 아름다웠다.

날카로움을 뽐내는 초식과 그녀의 움직임이 그려내는 곡선은 환상적인 조화를 이루고 있었다.

그러던 중 그녀의 움직임이 변했다.

좀 더 빠르고 직선적인 움직임이다.

진기를 사용한 것일까?

그런 것은 아니었다. 여전히 진기를 사용하지 않고 있었다.

그녀의 움직임이 계속될수록 누군가의 모습이 겹쳐 보였다.

바로 서윤.

서윤의 움직임과 비슷한 느낌으로 변해 있었다.

서윤과는 딱 한 번 대련했다.

하지만 그런 서윤의 움직임은 설시연에게 신선한 충격이었다.

우직하고 직선적인, 그러면서도 종잡을 수 없는 그런 움직임이었다.

쾌풍보만 펼치는 모습을 보았을 때에는 마치 살랑거리는, 사방을 천방지축으로 휘젓는 그런 바람 같았다.

하지만 거기에 풍절비룡권이 더해지자 전혀 다른 모습이었다.

광풍, 폭풍.

그렇게 표현하는 것이 어울릴 법한 움직임이었다.

반면 여의제룡검은 날카롭고 위력적이었지만 직선적인 부분과 묵직한 맛이 떨어졌다.

추혼보 역시 마찬가지였다.

그 후로 설시연은 홀로 검을 휘두를 때면 종종 서윤의 움직임을 떠올렸다.

그런 움직임을 일부라도 자신의 것으로 만들 수 있다면 한 단계 올라설 수 있을 것 같은 생각이 들었다.

처음에는 쉽지 않았다.

지금껏 무공 수련을 해오면서 익힌 움직임과 서윤의 움직임은 성격이 달랐다.

물과 기름까지는 아니라 하더라도 쉬이 섞이기 어려운 성질 이었다.

하지만 설시연은 이를 악물고 수련에 매달렸고, 조금씩 여의제룡검과 추혼보에 그의 움직임을 녹여가고 있었다.

"후……."

설시연이 검을 멈추고 한숨을 내쉬었다.

짧은 시간 동안 펼친 움직임이었지만 그녀는 힘들어 보였다.

진기를 사용했다면 어땠을지 모르겠지만 그녀는 스스로 몸이 따라주지 않는다는 느낌을 받았다.

그것은 나이 먹은 어르신들이 '이젠 몸이 안 따라준다'고 하는 것과는 조금 달랐다.

사실 서윤의 움직임을 설시연이 따라 하기에는 역부족인 부분이 있었다.

풍절비룡권과 쾌풍보는 단순히 진기만을 사용하는 무공이 아니었다. 진기와 함께 주변의 기압과 풍압이 한데 어우러져야 제대로 된 위력이 발휘되는 무공이었다.

그 말은 몸이 기압과 풍압을 버티고 이겨낼 수 있는 수준이 되어야 한다는 것인데 여인인 설시연으로서는 어느 정도 한계가 있을 수밖에 없었다.

만약 그녀가 풍절비룡권과 쾌풍보를 수련한다면 일단 몸부터 근육질로 바꿔야 했다.

작정하고 근육질의 몸으로 바꾼다 하여도 기본적으로 남성의 골격과 근육은 여성의 그것과 차이가 있는 만큼 넘기 어려운 부분이라 할 수 있었다.

그러나 설시연은 포기하지 않았다.

처음 그런 시도를 시작했을 때에는 지금보다 더 빨리 지치고 더 힘들었다.

하지만 꾸준히 매달린 끝에 이 정도라도 버틸 수 있게 되었다.

'아쉽구나.'

설시연은 진심으로 아쉬웠다.

할아버지인 설백이 온전한 상태였다면, 그것이 아니라면 신도장천이라도 살아 있었다면 한마디 조언이라도 구할 수 있었을 것이다.

하지만 지금은 그럴 수 있는 대상이 아무도 없었다.

하다못해 서윤마저도.

생각이 거기까지 미치자 설시연은 왠지 모르게 서윤이 얄미웠다.

대륙상단을 훌쩍 떠난 것이 벌써 두 달이 다 되어가고 있다.

설군우와 설궁도는 서윤의 소식을 오매불망 기다리고 있었다.

어디서 어떻게 지내는지, 밥은 잘 먹고 있는지.

마치 타지에서 생활하는 친아들, 친동생을 기다리는 모습이다.

하지만 서윤에게서는 아직까지 서찰 한 장 오지 않고 있었다.

"이렇게 가족들을 신경 쓰이게 할 것 같으면 떠나지 말고 붙어 있지."

그렇게 중얼거린 설시연은 '흥!' 하고 콧방귀를 뀌고는 연공실로 들어가 버렸다.

"에췌!"

서윤이 재채기를 했다. 그러고는 손가락으로 연신 코 밑을 비볐다.

"감기가 오려나."

그렇게 중얼거린 서윤이 집을 나섰다.

다시 돌아온 지 이제 열흘 남짓.

지금은 어느 정도 사람이 살 정도의 모습이지만 처음 도착했을 때에는 말 그대로 폐허에 가까웠다.

처음 도착한 날 폐허가 된 집을 본 서윤은 너무나 가슴이 아팠다.

어느 정도 잊었다고 생각했는데 집에 돌아오니 다시금 그날의 광경이 선명하게 떠올랐다.

그렇게 처음 삼 일 정도 서윤은 정말 고생했다.

집을 다시 살 만하게 정리하는 것도 일이었지만 감정적으로 너무나 힘들었기 때문이다.

오죽하면 '괜히 돌아온 것은 아닐까?' 하는 생각을 잠시잠 깐 했을 정도이다.

하지만 그럴 때마다 신기하게도 풍령신공의 진기가 서윤의 마음을 어루만져 주었다.

그리고 서윤은 마음을 고쳐먹었다.

이곳에서 자신은 아버지, 어머니와 함께 사는 거라고.

지금도 바로 옆에서 자신을 대견하게 바라보고 있을 거라 고.

그렇게 생각하니 마음이 조금은 편해지기 시작했다.

집을 나선 서윤은 도끼를 들고 산속으로 들어갔다.

워낙 오랜 시간 인적이 없었기에 전에 다니던 길은 없어졌 지만 그래도 곳곳에 익숙한 모습이 눈에 보였다.

"나무야, 미안하다. 그런데 나도 겨울은 나야 되지 않겠니?"

커다란 고목 앞에 서서 두 손을 모으고 중얼거린 서윤은 도끼질을 시작했다.

딱! 딱!

고요한 산속에 서윤의 도끼질 소리가 들리기 시작했다.

워낙 큰 나무인지라 쉽게 베어 넘어뜨리기 어려울 것 같았 지만 서윤은 집중해서 연신 도끼질을 해댔다.

도끼질을 한 번 할 때마다 나무 파편이 주변으로 튀었지만 서윤은 눈 하나 깜짝하지 않았다.

어느새 서윤의 이마에 굵은 땀방울이 송골송골 맺히기 시작했다.

그렇게 얼마나 도끼질을 했을까.

서윤이 도끼를 내려놓고 이마에 맺힌 땀을 닦았다. 땀이 눈에 들어갔는지 따끔거리는 눈을 몇 번 비빈 서윤이 나무를 바라보았다.

반절 가까이 파였으나 나무는 아직까지 꼿꼿이 서 있다.

"후……."

작게 한숨을 쉰 서윤은 나무를 정면으로 바라보고 섰다. 그러고는 풍령신공의 진기를 끌어올렸다.

"합!"

짧은 기합성과 함께 서윤이 일권을 내질렀다.

쾌앙!

우스스스!

서윤의 주먹질에 나무가 요란하게 흔들렸고, 겨우 줄기에 몸을 붙이고 있던 낙엽들이 우수수 떨어져 내렸다.

"어렵네."

그렇게 중얼거린 서윤이 나무를 올려다보았다.

쓰러질 것처럼 심하게 흔들리기는 했지만 아직까지 꼿꼿하게 버티고 서 있다.

'너무 약했나?'

고개를 갸웃거린 서윤은 다시 진기를 끌어올렸다.

이번에는 반드시 넘어뜨리겠다는 결연한 의지가 담긴 눈빛으로 나무를 바라보던 서윤이 다시 한 번 일권을 뻗었다.

쾅!

쾅지직!

나무가 부러지는 소리를 내며 조금 뒤쪽으로 기울어졌다. 하지만 다른 나무들에 걸려 더 이상 넘어가지 않았다.

"하, 방향을 잘못 잡았네."

서윤이 고개를 저으며 중얼거렸다. 쓰러지는 방향이 조금만 더 옆이었다면 한 번에 쓰러졌을 수도 있었다.

하지만 방향을 살짝 옆으로 잡는 바람에 다른 나무에 걸리고 만 것이다. 이렇게 되면 남은 부분을 도끼질을 해 잘라낼 수밖에 없었다.

"아, 몰라! 누가 이기나 한번 해보지, 뭐."

그렇게 중얼거린 서윤이 양 손바닥에 침을 퉤퉤 뱉고는 도끼를 집어 들었다.

그리고 한참 동안 산속에는 서윤의 도끼질 소리가 울려 퍼졌다.

서윤이 다시 집으로 돌아온 건 해가 떨어져 완전히 어두워진 후였다.

돌아온 서윤의 손에는 도끼뿐이다.

정작 힘들게 쓰러뜨린 나무를 그 자리에 그냥 놔두고 온 것이다.

"건망증이 심해져서 큰일이네."

그렇게 중얼거린 서윤이 한쪽에 세워둔 지게를 바라보았다. 어설프게 고쳐 놓은 지게를 보며 서윤은 머리를 벅벅 긁었다.

원래 조금이라도 잘라 가지고 내려올 생각이었으나 지게를 가져가는 것을 잊어버려 가져오지 못한 것이다.

서윤은 점점 건망증이 심해지는 것 같아 진지하게 고민했다. 계속 이렇게 심해지다가는 곧 치매가 오지 않을까 하는 생각까지 들었다.

신도장천의 죽음 이후로 점차 뇌가 쪼그라드는 것 같았다.

예전보다 많은 걸 하고 많은 걸 생각하는 게 아닌데 뇌가 그걸 못 따라가는 것 같은 그런 기분이 들었다.

"내일 가져와야지 별수 있나."

그렇게 중얼거린 서윤은 집 안으로 발걸음을 옮겼다.

"저 왔어요!"

문을 열고 들어가며 서윤이 큰 목소리로 말했다. 마치 정말 안에 누가 있는 것처럼.

하지만 집 안에서 서윤을 반기는 건 짙은 어둠뿐이었다.

집안 한가운데에 있는 식탁으로 가 불을 켠 서윤은 침상에 벌러덩 드러누웠다.

일렁이는 불빛이 비치는 천장을 잠시 바라보던 서윤은 벌떡 몸을 일으켜 침상 밑에 놔둔 서책을 펼쳐 들었다.

신도장천이 남긴 그 책이다.

후반 이 초식의 기본은 발경이다. 발경이라 함은 기본적으로 체내의 진기를 밖으로 내보냄을 말한다.

검수는 검을 통해, 권사는 주먹을 통해 밖으로 내보내는 것인데 이는 결코 쉬운 것이 아니다.

어떤 매개체에 진기를 담는 것도 상당한 심력을 소모하는 것으로 일정 경지에 오르지 못하면 결코 해내지 못한다. 그런데 그 기운을 뿜어내는 것은 더더욱 어려운 것이다.

풍령신공이 팔단공에 오른 경지라면 주먹에 기운을 담는 권기(拳氣)의 수준은 될 터, 발경은 부지런히 수련하고 깨달음을 얻어야 가능할 것이다.

풍절비룡권 후반 이 초식의 시작은 발경이 가능하게 되는 시점부터가 시작이라 할 수 있다.

신도장천이 적어놓은 일부분을 읽은 서윤은 책을 덮었다. 그러고는 골똘히 생각했다.

'기운을 밖으로 뿜어낸다?'

어떤 느낌인지 감이 오질 않았다.

그렇다 보니 무엇을 어디서부터 어떻게 해야 할지 가늠이 되질 않았다.

"하……."

서윤이 한숨을 쉬었다.

그러고는 다시 침상에 그대로 드러누웠고, 얼마 후 잠에 빠져들었다.

며칠의 시간이 더 지났다.

정오가 지난 시간이었지만 서윤은 침상에 누운 채로 일어나지 않았다.

계속해서 천장을 바라보고 있는데 초점이 흐리고 멍한 것이 무언가를 생각하고 있는 모습이다.

'기운을 내 맘대로 조종하는 것이 중요한 건가?'

그렇게 생각하며 서윤은 진기를 움직였다.

하단전에서부터 불기 시작한 바람이 서윤의 의지에 따라 온몸 구석구석을 돌기 시작했다.

'이걸 밖으로 내보낸다? 일단 팔 쪽으로……'

서윤은 움직이기 시작한 진기를 팔 쪽으로 몰아보았다. 처음에는 순순히 서윤의 의지대로 팔에 모여드는가 싶더니 어느 순간부터는 다시 흩어지기 시작했다.

'안 되네.'

그렇게 생각한 서윤은 눈을 감았다.

검에 진기를 계속해서 불어 넣으면 그 진기가 발출되는 것이 아닌 검이 깨져 버린다.

검이라는 매개체가 머금을 수 있는 진기의 한계치를 넘어섰기 때문이다.

하지만 서윤은 팔과 주먹이 그 매개체.

그렇다는 이야기는 발경에 대한 깨달음 없이 무리하게 진기를 한쪽으로 몰게 되면 어느 순간 팔이 상할 수 있다는 뜻이다.

서윤의 생각은 아직 거기까지는 미치지 못했으나 풍령신공은 그런 것을 막고자 서윤의 의지에 반해 흩어진 것이다.

마음이 답답해진 서윤은 머리를 벅벅 긁었다. 그리고는 자리에서 벌떡 일어났다.

꾸르륵!

"그러고 보니 아침, 점심 다 안 먹었네."

그렇게 중얼거린 서윤은 대충 씻고 산을 내려가기 시작했다.

서윤은 터벅터벅 마을을 향해 걸었다.

그의 손에는 돈이 조금 들려 있었는데, 이는 설군우가 준 돈이 아닌 스스로가 번 것이다.

돌아온 서윤은 마을에 다시 사람들이 살고 있는 것을 보고는 깜짝 놀랐다.

마을이 도적 떼의 습격을 받은 어릴 때의 기억이 너무나 강렬하게 남아 있던 터라 다시는 사람이 살지 못할 줄 알았다.

하지만 마을에는 다시 사람들이 찾아와 서로를 도와가며 부서진 집을 고치고 먹을 것을 나눠 먹으며 그렇게 다시 살아가고 있었다.

특히 마을 사람들 중 몇몇은 서윤을 한 번에 알아보았다.

세월이 많이 흘렀다고는 하지만 어릴 때의 모습이 남아 있는 서윤을 알아본 사람들은 너무나 반가워하고 또 안타까워했다.

그러면서 도움이 필요하면 언제든 찾아오라는 말도 잊지 않았다.

자신들도 먹고살기 빠듯한 형편이지만 그래도 서로 돕고 나눌 줄 아는 마음을 가진 사람들이었다.

그런 마을 사람들을 보며 서윤은 다시 이런 사람들을 잃고 싶지 않다는 생각을 했다.

서윤이 마을에 들어서자 그를 알아본 마을 사람들이 인사를 건넸다. 서윤도 밝은 표정으로 그들에게 인사하며 마을 어귀에 있는 교자집으로 향했다.

교자 맛이 독특하면서도 입맛에 딱 맞아 서윤이 자주 찾는 집이다.

"왔어?"

"어, 왔다."

서윤이 들어서자 그를 가장 먼저 맞이한 사람은 교자집 주인의 아들이었다.

이름은 심우인(沈優仁)으로 서윤과 동갑이라 금방 친해질 수 있었다.

"매번 먹던 걸로 먹을 거지?"

"응, 그거로 줘."

"지겹지도 않냐? 다른 것도 좀 먹지. 너만 보면 우리 집 다른 음식은 정말 맛없는 것처럼 보인다고."

우인의 투덜거리며 주방에 '교자 한 판이요!' 하고 소리를 질렀다. 그 모습에 서윤이 미소를 지었다. 그렇다고 해도 다른 음식을 먹을 생각은 없었다.

"소옥이는 어디 갔어?"

심소옥(沈小玉)은 심우인의 세 살 터울 동생이다. 동생이 없는 서윤은 우인과 친해지면서 소옥을 친동생처럼 아끼고 있었다.

"포목점에 배달 갔다. 그 집 아저씨도 매번 교자만 먹는단 말이지. 진짜 우리 가게 다른 음식은 맛이 없나?"

우인이 그렇게 중얼거리며 식탁을 닦았다.

"다녀왔습니다!"

포목점에 배달 갔던 소옥이 가게 안으로 들어왔다. 밝은 표정으로 들어오던 소옥은 한쪽에 앉아 손을 흔들고 있는 서윤을 보는 순간 몸이 굳어버렸다.

"옥아, 교자 나왔다! 윤이 오라버니 가져다줘라!"

주방에서 고개만 삐쭉 내민 우인의 아버지가 문 앞에 서 있는 소옥에게 소리쳤다.

그러자 쭈뼛거리며 갓 찐 교자 한 판을 들고 서윤의 앞으로 다가갔다.

"배달은 잘 갔다 왔어?"

"…네."

소옥의 대답에 서윤이 슬픈 표정을 지었다.

"우리 옥이가 언제부턴가 자꾸 존댓말을 쓰네. 왠지 멀어진 것 같아서 슬프구나."

서윤이 시무룩하게 말했지만 소옥은 서윤의 앞에 교자 한 판과 간장 종지를 놓고 후다닥 자리를 피했다.

"왜 저러지?"

그렇게 중얼거리는 서윤의 앞에 우인이 앉았다. 그러고는 서윤의 얼굴을 빤히 바라보았다.

"너."

"왜?"

짧게 대답한 서윤이 교자 하나를 집어 입에 넣었다. 그러자 우인이 말을 이었다.

"여자 손 한 번도 못 잡아봤지?"

"푸흡!"

우인의 질문에 당황한 서윤이 그만 입에 있던 음식물을 쏟아내고 말았다.

서윤의 입에서 튀어나온 파편은 고스란히 우인의 얼굴에 안착했다.

"아, 더럽게!"

"쿨럭! 미안! 고의가 아니었어."

우인이 얼굴에 묻은 음식물을 털어내며 소리치자 서윤이 황급히 그의 얼굴에 붙은 것들을 손으로 떼어주었다.

"반응을 보아하니 진짜로 손 한번 못 잡아봤네. 하긴, 그렇지 않고서야 이럴 수가 없지."

"왜, 뭐가?"

우인의 말에 서윤이 짐짓 아닌 척 말했지만 반박할 수가 없었다.

"넌 딱 봐도 모르겠냐? 소옥이의 저 반응?"

"넌 알겠냐?"

"아니까 내가 지금 네 앞에서 이러고 있지."

그렇게 말한 우인이 슬쩍 소옥을 한 번 바라보고는 얼굴을 서윤 쪽으로 바짝 들이밀었다.

"부끄러워하는 거잖아."

"부끄러워한다고? 부끄러워할 게 뭐 있다고?"

서윤의 대답에 우인이 고개를 절레절레 흔들었다.

"부끄러울 게 왜 없어. 은근히 내 동생이 널 마음에 두고 있는 거 같은데."

"뭐?"

"조용해, 인마."

우인의 말에 서윤이 자신도 모르게 큰 소리를 냈다. 그러자 덩달아 놀란 우인이 황급히 서윤의 입을 막았다.

다행히 소옥은 듣지 못한 듯 별다른 반응이 없었다.

"야, 내 동생이라서 하는 말이 아니라 내 동생만 한 애가 없어요. 얼굴도 예쁘지 야무지지, 뭐 하나 빠지는 게 없다니까. 넌 어떠냐?"

"뭘 어때?"

"내 동생, 니가 데려갈래?"

우인의 물음에 서윤이 그를 빤히 바라보았다. 표정이나 눈빛을 보니 장난으로 하는 말이 아닌 것 같다.

그새 교자 한 판을 다 먹어치운 서윤이 마지막 남은 하나를 입에 넣고 꼭꼭 씹었다.

우인은 그런 서윤을 계속해서 바라보고 있었다.

마지막 교자까지 삼킨 서윤이 차를 한 모금 마신 뒤 우인을 바라보았다.

"옥이는 동생이지."

"오빠, 오빠 하다가 누구 아빠, 누구 아빠 이렇게 되는 거다."

"그리고 난 해야 할 일이 있어."

"무슨 일인지 모르겠지만 혼자 하는 것보다 둘이 하는 게 더 쉬울 거야."

"혼자 해야 되는 일이야."

서윤이 계속해서 빼자 우인이 말없이 서윤을 바라보았다.

"무슨 일인데?"

"할아버지 유언이야."

"그러니까 그게 뭐냐고."

"……."

서윤은 대답을 망설였다. 적어도 이 마을에서는 자신이 무공을 익히고 있다는 사실은 숨기고 싶었다.

그래서 서윤이 무공을 익혔다는 사실을 아는 사람은 이 마을에 아무도 없었다.

"말 못할 일이냐?"

"그런 건 아니고."

"뭐, 안 내키면 말아라. 말 못할 사정이 있는 거겠지. 아무튼 잘 생각해 봐. 내 동생만 한 여자 없다는 건 내가 보증하지."

우인의 말에 서윤은 미소만 지어 보였다.

그러고는 계산대에 앉아 있는 소옥을 슬쩍 쳐다보았다. 그러면서 서윤은 문득 설시연을 떠올렸다.

'잘 지내고 있겠지?'

그녀를 생각하며 안부도 물을 겸 서찰이나 한번 보내봐야겠다고 생각하는 서윤이다.

그리고 그런 서윤을 소옥은 계속해서 힐끗힐끗 쳐다보았다.

*　　　*　　　*

정도 무림과 무림맹의 시선은 온통 운남에 쏠려 있었다.

일찌감치 점창에 지원을 떠난 청성과 아미는 특히나 더했다. 작은 무엇 하나라도 놓치지 않기 위해 운남 지역의 감시망을 더욱 강화해 놓은 상태였다.

하지만 사소한 것 하나까지도 몇 번을 살펴봐도 적의 움직임과 연결시키기엔 무리가 있었다.

상황이 그렇다 보니 무림맹을 비롯한 정도 무림은 더욱 불안할 수밖에 없었다.

그들이 움직이는 데 적기는 신도장천이 죽은 직후였다.

분위기가 어수선하고 혼란스러울 때, 그때만큼 틈을 만들고 파고들기에 좋은 때는 없었다.

하지만 그들은 그 적기를 놓쳤다.

놓친 것인지 아니면 일부러 파고들지 않은 것인지는 알 수 없었지만.

뭔가 벌어져도 진작 벌어져야 하는데 아무 일도 일어나지 않자 불안할 수밖에 없었다.

정신적 불안감과 긴장감이 가져다주는 피로.

정도 무림 전체에 감당하기 힘든 피로감이 조금씩 쌓이고 있었다.

*　　　*　　　*

서윤이 다시 마ㅡ 내려온 것은 보름이 지난 뒤였다.

오늘도 어김없ㅇ인의 교자 가게부터 찾은 서윤은 가게 안에 감도는 무거ㅡ 위기에 의아한 표정을 지었다.

"왔냐?"

"왜 그래? 무슨있어?"

서윤의 물음ㅇ이 한숨을 푹 내쉬었다. 서윤은 고개를 ㅡ 려 소옥을 봤다. 소옥은 고개를 푹 숙인 채 가만히 있다.

"왜, 무슨 ㅇ ㅇㅇ이리 와봐."

서윤이 우인의 손목을 잡아끌었다.

그러고는 비어 있는 식탁에 앉아 차분하게 물었다.

"무슨 일이야? 얘기해 봐."

"너 마을 한쪽에 장원 큰 거 하나 들어선 건 알고 있지?"

"알고 있지. 보지는 못했지만."

"그게 누구 건 줄 아냐?"

"누구 건데?"

서윤의 물음에 우인이 한숨을 푹 내쉬더니 말을 이었다.

"마영방(魔影幇) 거래."

"마영방?"

마영방은 귀주성 일대에서 제법 세력을 넓히고 있는 흑도 방파였다.

방파 이름처럼 마도의 길을 이상향 생각하고 따른다고
는 하는데 그저 뒷골목 파락호 수준을금 넘는 정도였다.

운이 좋았던 것인지 마영방은 경쟁에 있는 흑도 방파
들과의 싸움에서 이겨 나가며 세력을 가고 있었다.

"그래, 마영방. 그놈들이 며칠 전부본격적으로 활동을
시작했는데… 세상에 장사하는 사람들 상납금으로 한 달
에 은자 열 냥씩을 내라더라. 이게 말야? 한 달에 은자로
닷 냥 이상 남겨보는 게 소원인데."

우인의 말에 서윤이 고개를 좌우로 씩 꺾었다.

"상납금을 왜 내라는 건데?"

"뭐, 거창하게 말하면 우리 마을을 지켜줄 테니 그 대가를
내라는 건데 그냥 삥 뜯는 거지."

우인의 말에 서윤은 슬슬 화가 나기 시작했다.

"그리고 우리한테는 뭘 하나 더 내라더라."

"뭘 또 내라는데?"

서윤의 물음에 우인의 시선이 소옥에게 닿았다.

"설마?"

"응. 뭐, 지금 우리 마을에 방주가 직접 와 있는 건 아닌 것
같고… 우리 마을에 들어와 있는 마영방 놈들 중에 제법 윗자
리에 앉아 있는 놈이 소옥이를 달라더라. 그럼 상납금을 깎아
주겠다고."

우인이 화를 참으며 말했다.

"당연히 안 된다고 했겠지?"

"했지. 그런데 그놈들이 우리가 안 된다고 한들 '알겠습니다' 하고 물러날 놈들이 아니니 문제지."

"흠……."

서윤이 잠시 무언가를 생각하는 듯하더니 우인에게 물었다.

"지금 그 마영방인지 뭔지에 있는 놈들, 몇 명이나 돼?"

"서른 명은 넘는 거 같더라. 근데 마영방 전체로 따지면 몇백은 될 거야."

"일단 여기에 서른 명 정도 있다는 거 아냐."

"그렇지. 근데 그건 왜?"

우인의 물음에 서윤이 웃으며 자리에서 일어났다.

"가서 한 대씩 맞을 테니 좀 봐달라고 빌어볼까 하고."

"뭐? 야, 미쳤어? 서른 명한테 한 대씩? 그러다가 죽어, 인마."

"일단 기다려 봐."

그렇게 우인을 다독이며 서윤은 교자 가게를 나섰다. 가게를 나서는 서윤의 표정에는 서늘한 기운이 감돌고 있었다.

노을이 질 무렵.

마영방이 슬슬 하루 일과를 시작할 때였다. 다들 웃고 떠들며 본격적인 업무를 시작하려던 그때, 마영방의 정문이 열리며 누군가 들어왔다.

"여기가 마영방 맞습니까?"

"맞는데, 누구냐, 넌?"

"구경 좀 하려고요. 마영방이 어떤 곳인지."

"별 미친놈 다 보겠네. 얌마, 꺼져. 이 어르신들 일하러 나가야 돼."

마영방의 문도 한 명이 험상궂게 인상을 찌푸리며 서윤에게 말했다.

하지만 서윤은 눈 하나 깜짝하지 않고 입을 열었다.

"역시 소문대로 쓰레기들만 있는 것 같긴 하네."

"뭐?"

서윤의 목소리는 작았지만 장원 안에 있는 사람 중 그 말을 못 들은 이는 없었다.

"누구냐, 마을 사람들한테 돈 뜯어내고 소옥이 데려가겠다고 한 놈이?"

서윤의 말투가 반말로 바뀌었다. 그런 서윤을 마영방의 문도들은 어처구니없다는 표정으로 바라보다가 대소를 터뜨렸다.

아무리 봐도 정신 나간 놈으로밖에 보이지 않는 까닭이다.

"누구냐니까?"

"나다!"

그때 장원 가장 깊숙한 곳에 있는 건물에서 덩치가 상당한 거한이 모습을 드러냈다.

"너구나."

그렇게 중얼거린 서윤이 앞에 서 있는 마영방 문도들을 한 차례 스윽 훑었다.

"거기에 딱 서서 기다려."

"뭐라는 거야? 야, 저놈 빨리 안 끌어내? 니들 일 안 할 거야? 엉?"

거한의 호통에 마영방 문도 몇 명이 서윤을 끌어내기 위해 다가섰다.

그 순간, 서윤의 신형이 그 자리에서 사라졌다.

놀란 마영방 문도들이 어리둥절해 있을 때 '컥!' 하는 단말마가 들렸다.

서윤이 문도들에게 명령을 내린 거한의 멱살을 잡고 있다.

서윤이 어떻게 움직였는지 본 사람은 아무도 없었다.

그 정도로 서윤의 쾌풍보는 빨랐다.

"감히 여기가 어디라고 나타나서 행패야! 저 착하게 열심히 사는 사람들의 돈을 뜯어내는 것도 모자라서 소옥이까지 탐을 내?"

서윤의 목소리에는 날이 서 있었다.

그와 함께 몸에서 뿜어져 나오는 은은한 기운에 거한은 몸을 부들부들 떨었다.

설마 이런 고수가 마을에 살고 있을 줄이야.

"조용히 여기 정리하고 사라질래, 아니면 여기서 다들 반병신 될래?"

서윤의 입에서 거친 협박이 튀어나왔다.

살면서 이런 말을 해본 적이 없는 그였지만 지금은 잔뜩 화가 난 상황이라 거리낌 없이 내뱉고 있었다.

"마, 마영방이 어떤 곳인지 알고 이러는 것이냐!"

거한이 용기를 쥐어짜 소리쳤다.

"모르지, 알고 싶지도 않고. 하지만 적어도 니들 하는 것 보니 쓰레기 더미와 섞여 있어도 못 알아보겠어."

마영방 방도들은 거한의 멱살을 잡은 채 말하는 서윤에게 감히 달려들지 못했다.

서윤의 움직임을 보지도 못했을뿐더러 이곳에서 가장 강하다는 거한이 손도 못 써보고 당하는 모습에 전의를 상실했다.

머릿수 차이는 있었지만 자신들이 달려들어도 절대 못 이긴다는 판단이 선 것이다.

오랜 기간 뒷골목에서 생활하며 생긴 감이다.

"딱 이틀 줄게. 이틀 사이에 여기 정리하고 사라져. 안 그러면 각오해."

그렇게 말하며 서윤은 거한을 놓아주었다.

그리고는 아무렇지도 않게 뒤돌아 정문 쪽으로 걸어갔다.

마영방 방도들이 서윤이 지나가도록 길을 내주었다.

눈앞으로 손만 뻗으면 닿을 거리로 서윤이 지나가고 있었지만 누구 하나 달려들 엄두를 내지 못했다.

서윤이 떠나고 거한을 비롯한 마영방 방도들의 얼굴에는 근심 어린 표정이 피어올랐다.

마영방을 방문(?)한 서윤은 곧장 우인의 가게로 향했다.

이대로 산으로 올라가면 그사이에 또 무슨 짓을 할지도 모른다는 생각 때문이다.

서윤이 가게로 들어서자 우인이 재빨리 그에게 다가섰다.

그러고는 손님들이 있는 곳에서 조금 떨어진 구석진 곳으로 서윤을 데리고 갔다.

"야, 뭐야? 너 설마 진짜 마영방 갔다 온 건 아니지? 얼굴 멀쩡한 거 보니 안 갔나 보네. 다행이다. 난 또 니가 뭔 짓 할 줄 알고 깜짝 놀랐어."

우인의 말에 미소를 지어 보인 서윤이 그의 어깨를 한번 탁 치고는 말했다.

"배고프다. 먹을 것 좀 줘라."

"어? 그래, 알았다. 앉아."

자리에 앉아 음식을 기다리던 서윤은 잠시 후 우인이 가져다 준 교자 한 판을 순식간에 먹어치웠다.

그러고는 잠시 그 자리에 앉은 채로 우인과 소옥의 일에 조금 여유가 생길 때까지 기다렸다.

저녁 식사 시간대가 끝나자 가게 안이 어느 정도 한산해졌다. 그러자 서윤이 우인과 소옥을 불렀다.

"우인아, 그리고 옥아, 이리 와서 좀 앉아봐."

서윤의 부름에 우인와 소옥이 하던 일을 멈추고 그의 앞에 앉았다.

"지금부터 내가 하는 얘기 잘 들어."

"무슨 얘긴데 이렇게 분위기를 잡어?"

"상납금도, 소옥이 문제도 이제 걱정 안 해도 돼."

"뭐?"

서윤의 말에 우인이 놀라며 물었다. 소옥도 놀란 듯 두 눈을 동그랗게 뜨고 서윤을 바라보았다.

"마영방에 갔다 왔냐고 물었지? 다녀왔어."

"뭐, 뭐야? 뭐가 어떻게 된 건데?"

우인의 물음에 서윤이 웃으며 말했다.

"이제부터 얘기해 줄 테니 재촉하지 말고. 첫 번째, 난 무공을 익혔어."

서윤의 말에 우인이 벌어진 입을 다물지 못했다. 친하게 지낸 지 오래되진 않았지만 한 번도 들어본 적이 없기 때문이다.

"내가 이 마을과 가까운 곳에 살았다는 이야기는 했지?"

"했지."

"그리고 이 마을에 무슨 일이 있었는지도 알지?"

"응, 알아. 도적 떼의 습격이 있었다고……."

우인의 대답에 서윤이 고개를 끄덕이며 말을 이었다.

"맞아. 그리고 그 일로 나는 부모님을 잃었어. 그리고 돌아가신 할아버지를 만났지."

"그분이 무림인이셨구나."

"맞아. 무림인이셨고, 그분한테 무공을 배웠어. 할아버지의 유언도 무공과 관련된 일이지."

우인은 혼자 해야 하는 일이라고 한 서윤의 말을 떠올리며 고개를 끄덕였다.

무공 수련이야말로 옆에서 누군가가 도와줄 수 없는 일이다.

"잠깐. 그래서 지금 니 말은 혼자 마영방에 찾아가서 그놈들을 다 혼내주고 왔다는 거야?"

"혼내주고 왔다기보다는 경고하고 온 거지. 이틀 줄 테니 이곳 정리하고 떠나라고."

서윤의 말에 우인과 소옥의 얼굴에 화색이 돌았다. 하지만 이내 우인이 걱정스럽게 물었다.

"지금은 네 실력을 보고 저들이 물러설지 모르겠지만 마영방은 결코 만만한 곳이 아니야. 귀주성 일대에서는 제법 이름난 방파야. 그만큼 규모도 크고 힘도 강하지."

"걱정 마. 우리 할아버지의 무공, 내가 익힌 무공도 대단하거든."

권왕의 무공, 그리고 그것을 익힌 서윤.

그 정도라면 혹도 방파 하나 상대하는 것 정도는 어려운 일이 아니었다.

하지만 머릿수는 무시하지 못할 요소였다.

그런 일까지 벌어지지 않을 가능성이 크다고는 하지만 몇백의 방도가 일제히 서윤에게 달려들면 방법이 없었다.

서윤은 자신 있어 하지만 우인은 걱정스러운 시선으로 서윤을 바라보았다. 그 옆에 앉은 소옥 역시 가지런히 모은 두 손을 꽉 잡으며 걱정하고 있다.

"아무튼 끝났으니까 너무 걱정 말고. 아, 그리고 혹시 몰라서 그러니까 나 이틀만 여기 묵자. 방 하나 남는 것 있냐?"

"방 남는 거? 당연히 없지. 나랑 같이 자자."

"하, 너랑? 너 그거 아냐? 너한테서 은근히 홀아비 냄새 나는 거."

서윤의 말에 우인이 심드렁하게 대답했다.

"그래? 나랑 자기 싫으면 옥이랑 자던가."

그 말에 소옥이 화들짝 놀라며 고개를 들더니 우인의 옆구리를 꼬집었다.

"악! 아파, 계집애야! 자꾸 그러면 윤이한테 시집보내 버린다?"

우인의 말에 소옥이 우인의 옆구리를 또 한 번 꼬집었다. 이번에도 아프다고 난리치는 우인을 보며 서윤이 말했다.

"자꾸 실없는 소리 하니까 그렇지. 그러지 말고 들어가자.

피곤해."

"야, 우리는 장사 끝나려면 좀 더 있어야 돼. 피곤하면 먼저 들어가서 자고 있어라. 옥아, 윤이 좀 데려다 줘."

"알았어."

서윤이 소옥을 따라 자리에서 일어났다. 두 사람을 바라보던 우인이 한마디 내뱉었다.

"잘 어울리네."

*   *   *

"방주님."

"왜, 무슨 일이냐?"

"홍의현 쪽 일이 좀 꼬인 것 같습니다."

"뭐? 거기 누가 가 있는데?"

"대철입니다."

"그 돼지 같은 놈은 뭐 하나 제대로 처리하는 게 없어. 무슨 문제라는데?"

"마을에 고수가 한 명 있다고 합니다."

"고수? 얼마나 고수길래 그래?"

"애들이 꼼짝 못했다고 합니다."

"멍청한 것들. 보나마나 지레 겁먹었겠지. 부방주는 지금 어디서 뭐 하지?"

"홍루에 계실 겁니다. 요즘 들어 매향이를 만나러 자주 가십니다."

"하여튼 그놈 여자 보는 눈은 이해가 안 간단 말이지. 오거든 홍의현 쪽에 한번 가보라고 해. 제대로 정리하라고."

"알겠습니다."

"제대로 못하면 나도 위에다가 보고할 게 없다고. 그러니 똑바로 좀 하라고 해. 마영방이 진짜 마교의 그림자가 될 수 있는 기회니까."

"알겠습니다."

수하를 물린 마영방의 방주 오살량(吳煞亮)이 인상을 찌푸렸다.

"마인되기 정말 어렵구만."

그렇게 중얼거린 그가 양옆에 있는 여자들의 옷 속으로 커다란 손을 집어넣으며 음욕이 가득 묻어 있는 웃음을 흘렸다.

『풍신서윤』 2권에 계속…

초대형 24시 만화방

신간 100%, 샤워실, 흡연실, 수면실(침대석), 커플석, 세탁기 완비

▪ 강북 노원역점 ▪

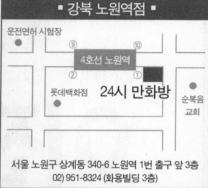

서울 노원구 상계동 340-6 노원역 1번 출구 앞 3층
02) 951-8324 (화용빌딩 3층)

▪ 일산 정발산역점 ▪

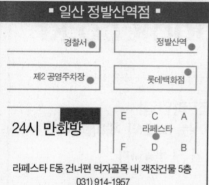

라페스타 E동 건너편 먹자골목 내 객잔건물 5층
031) 914-1957

▪ 일산 화정역점 ▪

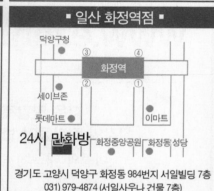

경기도 고양시 덕양구 화정동 984번지 서일빌딩 7층
031) 979-4874 (서일사우나 건물 7층)

▪ 부천 역곡역점 ▪

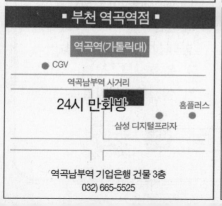

역곡남부역 기업은행 건물 3층
032) 665-5525

▪ 부평역점 ▪

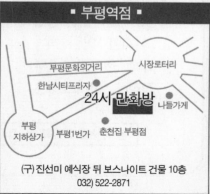

(구)진선미 예식장 뒤 보스나이트 건물 10층
032) 522-2871

가프 장편 소설

관상왕의 1번룸

FUSION FANTASTIC STORY

거대한 도시의 그늘에서 벌어지는
짜릿하고 통쾌한 이야기!

『관상왕의 1번룸』

텐프로의 진상 처리 담당, 홍 부장.
절망적인 삶의 끝에서 만난 남국의 바다는
그를 새로운 인생으로 인도하는데…….

쾌락을 원하는 거부, 성공에 목마른 사업가,
그리고 실패로 절망한 사람들이여.

여기, 관상왕의 1번룸으로 오라!

Book Publishing CHUNGEORAM

유행이 아닌 자유추구 -
WWW.chungeoram.com

네르가시아 장편소설
FUSION FANTASTIC STORY

도시 무왕 연대기

글로벌 기업의 후계자 감태하.
탄탄대로를 걷던 그에게 거대한 음모가 덮쳐 온다!

『도시 무왕 연대기』

가장 믿고 있었던 친척의 배신,
그가 탄 비행기는 추락하고 만다.

혹한의 땅에서 기적같이 살아나
기연을 만나게 되는데……

모든 것을 잃은 남자,
감태하의 화끈한 복수극이 시작된다!

Book Publishing CHUNGEORAM

FUSION FANTASTIC STORY

말리브해적 장편소설

MLB
메이저리그

유료독자 누적 1200만!

행복해지고 싶은 이들을 위한 동화 같은 소설,

『MLB-메이저리그』

100마일의 강속구를 던지는
메이저리그의 전설적인 괴짜 투수 강삼열.
그가 펼치는 뜨거운 도전과 아름다운 이야기!
승리를 위해 외치는 소리-

"파워업!"

그라운드에 파워업이 울려 퍼질 때,

전설이 시작된다!

Book Publishing CHUNGEORAM

이경영 판타지 장편소설

FANTASY FRONTIER SPIRIT

그라니트

용들의 땅

GRANITE

사고로 위장된 사건에 의해 동료를 모두 잃고 서로를 만나게 된 '치프'와 '데스디아'.
사건의 이면에 상식을 벗어난 음모가 있음을 알게 된 둘은
동료들의 죽음을 가슴에 새긴 채 각자의 고향으로 돌아간다.
2년 후, 뜻하지 않게 다시 만난 두 사람은 동료들의 복수를 위해
개척용역회사 '그라니트 용역'을 설립해 다시금 그 땅을 찾게 되는데……

용들이 지배하는 땅 그라니트!
그곳에서 펼쳐지는 고대로부터 이어지는 운명적 만남,
깊어지는 오해, 그리고 채워지는 상처.

『가즈 나이트』시리즈 이경영 작가의 미래형 판타지 신작!

Book Publishing CHUNGEORAM

유행이 아닌 자유추구 -
WWW.chungeoram.com

FUSION FANTASTIC STORY

인기영 장편소설

리턴 레이드 헌터

Return Raid Hunter

하늘에 출현한 거대한 여인의 형상……
그것은 멸망의 전조였다.

『리턴 레이드 헌터』

창공을 메운 초거대 외계인들과
세상의 초인들이 격돌하는 그 순간.
인류의 패배와 함께 11년 전으로 회귀한 전율!

과연 그는, 세계의 멸망을 막을 수 있을 것인가.

**세계 멸망을 향한 카운트다운 속에서 피어나는
그의 전율스러운 이야기!**

Book Publishing CHUNGEORAM

유행이 아닌 자유추구 -
WWW.chungeoram.com